La collection

DOCUMENTS

est dirigée par

Gaëtan Lévesque

Les ateliers du pouvoir

Du même auteur

Options, textes canadiens-français choisis et annotés (en collaboration avec Mariel O'Neill-Karch), Toronto, Oxford, 1974.

Nuits blanches, nouvelles, Sudbury, Prise de Parole, 1981.

Baptême, roman, Sudbury, Prise de Parole, 1982.

Noëlle à Cuba, roman, Sudbury, Prise de Parole, 1988,.

Jeux de patience, nouvelles, Montréal, XYZ éditeur, 1991.

En collectif

Contes et nouvelles du monde francophone, Sherbrooke, Cosmos, 1971.

L'aventure, la mésaventure, Montréal, Quinze, 1987.

Contes et récits d'aujourd'hui, Montréal/Québec, XYZ éditeur/Musée de la civilisation, 1987.

Coïncidences, nouvelles, Montréal, XYZ éditeur, 1990.

Outre ciels, nouvelles, Montréal, XYZ éditeur, 1990.

PIERRE KARCH

LES ATELIERS DU POUVOIR

La publication de ce livre a été rendue possible grâce à l'aide financière
du Conseil des Arts du Canada, du ministère des Communications
du Canada, du ministère de la Culture
et des Communications du Québec

XYZ éditeur
1781, rue Saint-Hubert
Montréal (Québec)
H2L 3Z1
Téléphone: 514.525.21.70
Télécopieur: 514.525.75.37

et

Pierre Karch

Dépôt légal: 3ᵉ trimestre 1995
Bibliothèque nationale du Canada
Bibliothèque nationale du Québec
ISBN 2-89261-122-9

Distribution en librairie:
Socadis
350, boulevard Lebeau
Ville Saint-Laurent (Québec)
H4N 1W6
Téléphone (jour): 514.331.33.00
Téléphone (soir): 514.331.31.97
Ligne extérieure: 1.800.361.28.47
Télécopieur: 514.745.32.82
Télex: 05-826568

Conception typographique et montage: Édiscript enr.
Maquette de la couverture: Zirval Design
Œuvre de la page couverture: Melvin Charney, *Tribune*,
colonne allégorique, Jardin du Centre canadien d'architecture, 1987-1990,
qui fait écho au fronton triangulaire au-dessus de l'entrée
du Grand Séminaire de Montréal.
Photographie de l'auteur: MOK

Remerciements et regrets

Ce n'est qu'après avoir fréquenté bien des livres et consulté plusieurs personnes que j'ai pu me livrer à cette réflexion sur l'art. Je dis ailleurs ce que je dois à mes devanciers. C'est ici le moment de remercier Mmes Nola Brunelle, bibliothécaire à l'université McGill, et Suzelle Baudoin, coordonnatrice des demandes de reproductions photographiques du Centre canadien d'architecture, ainsi que M. David L. Côtes, responsable du Service des relations publiques à l'Assemblée nationale, qui m'ont fourni des documents que je ne connaissais pas et qui étaient indispensables à mon travail; Mme Monique Duguay, fille de l'artiste Rodolphe Duguay et de l'auteure Jeanne l'Archevêque-Duguay, qui nous a permis de reproduire gracieusement une œuvre de son père; sœur Danielle Dubois, C. N. D., qui nous a donné l'autorisation de reproduire, à titre gratuit également, deux portraits de mère Marguerite Bourgeoys, tout comme Mme Christine Turgeon, directrice du musée des Ursulines de Québec, qui nous a accordé semblable permission pour un tableau du frère Luc; et Mmes Diane Watier, du Musée des beaux-arts du Canada, Marion Roussie, de la Beaverbrook Art Gallery, et Felicia Cukier, du Musée des beaux-arts de l'Ontario, qui ont facilité notre travail en répondant promptement à nos requêtes et en nous accordant beaucoup tout en nous demandant peu. Je tiens enfin à remercier mon collègue, M. Pierre Fortier, du collège Glendon de l'Université York, qui m'a fourni quelques éléments bibliographiques.

Écrire un livre sur l'art et les pouvoirs, c'est aussi s'exposer à l'arbitraire, au dédain et aux caprices des pouvoirs: ceux des fonctionnaires, des musées, des galeristes et des héritiers des artistes. Inutile de les nommer. J'eus préféré n'en rien dire, mais comment expliquer autrement pourquoi certains chapitres ne sont pas illustrés? Le silence des uns, les conditions contraignantes et onéreuses des autres ont fait que nous avons dû sacrifier l'aspect visuel. Nous le regrettons et nous en excusons auprès de nos lectrices et de nos lecteurs qui comprendront qu'augmenter les frais de production d'un livre comme celui-ci, sans qu'en profitent les artistes dont nous parlons, c'est se couper du public que nous voulons atteindre.

Cette situation, qui met en jeu l'aspect visuel de notre culture déjà fort menacée, me rappelle un incident. J'étais, en 1986, dans une librairie de Tbilissi, en Géorgie, où je voyais, étonné, plusieurs livres publiés, en anglais, aux États-Unis. On me fit remarquer le prix de ces livres : exorbitant, prohibitif. C'était, pour les autorités soviétiques, une façon d'exercer la censure tout en portant le masque du libéralisme. La question des droits d'autorisation dans notre pays, surtout de la façon dont ils sont appliqués au Québec — car, en Ontario et au Nouveau-Brunswick, on n'a pas tenté de nous imposer de restrictions sur le tirage et le marché —, a le même effet. Bientôt — et les artistes seront les premiers à s'en plaindre — on ne pourra reproduire d'œuvres artistiques québécoises que dans les journaux, les revues et les catalogues d'exposition, qui ne sont pas soumis aux mêmes conditions, contrôlées par · les douaniers de la culture, que les livres.

Table

À Mariel,
à Andrée, à Michel et à Nicole,
à celles et à ceux pour qui un objet d'art
vaut qu'on s'y arrête et qu'on dialogue avec lui.

Introduction

On ne peut pas se désintéresser tout à fait de certaines représentations visuelles parce qu'elles partagent notre espace physique. On les croise dans la rue, on les retrouve sur des timbres-poste ; elles surgissent sur les couvertures de livres, de revues et de catalogues d'expositions ; elles valorisent, dans les magazines, des produits de consommation ; elles s'introduisent, enfin, dans nos intérieurs, sous forme de reproductions, sur des napperons, au fond d'une assiette ou plus simplement et fréquemment sur des cartes de souhaits.

Ces images fixes nous interpellent et, comme ce sont elles qui amorcent la conversation, il importe de déceler le ton qu'elles prennent pour nous adresser la parole. C'est lui qui déterminera la qualité de notre accueil et le désir de nous entretenir avec elles, quand ce n'est pas celui de les voir disparaître de notre champ de vision, car il arrive qu'on fasse sauter un monument qui nous agresse par sa seule présence qu'on juge impertinente (monument du général James Wolfe sur les plaines d'Abraham), qu'on le décapite (monument de Sir John A. MacDonald à Montréal), qu'on le lapide (le calvaire du cimetière Notre-Dame-des-Neiges) ou qu'on le mutile (le calvaire d'Oka).

Quand est venu le moment d'organiser mes réflexions, l'ordre chronologique s'est imposé comme étant le plus naturel et le plus simple à suivre, par moi tout autant que par ceux et celles qui voudront me lire. Mais, si c'est un choix commode, c'en est aussi un qui peut porter à confusion car, comme *les Trois-Rivières* qui n'en font qu'une, trois grands courants coulent de façon plus ou moins parallèle pour finalement se rejoindre dans le fleuve des arts au Québec.

Le premier, historiquement parlant, est celui qui nous est venu en droite ligne de France, à une époque donc où la métropole française plantait résolument, en Nouvelle-France, avec la croix et la bannière, les symboles de son autorité. Le phénomène se répétera lorsque, le pays tombant aux mains des Anglais, ce sera la métropole anglaise qui exportera ses œuvres et ses pompes.

Le deuxième, plus imposant par la quantité des œuvres et le nombre d'artistes concernés, est l'art d'ici au service des détenteurs du pouvoir, qui s'attendent à ce qu'une œuvre copie la réalité. Pour eux, un portrait doit être ressemblant mais flatteur [1] tout comme un paysage doit être reconnaissable mais idéalisé. De leur côté, les artistes qui appartiennent à cette catégorie mettent le plus souvent, mais non pas exclusivement, leurs talents à imiter consciemment et consciencieusement ce qui se fait dans les pays dont ils empruntent les modèles à la mode.

Le troisième, enfin, est celui qui réunit les artistes qui, avec ou sans violence, se libèrent des pouvoirs par la force de leur personnalité, de leur individualité, de leur créativité.

Ces trois courants artistiques au Québec, je les appelle : 1. l'art parental ; 2. l'art adolescent ; 3. l'art adulte, termes que j'emprunte, en partie, à l'analyse transactionnelle [2] et que je redéfinis.

Si j'évite de parler d'artistes vivants appartenant aux deux premières catégories, c'est pour ne blesser personne. Que ceux qui appartiennent à la troisième et que je n'ai pas nommés me pardonnent. Cette « réflexion sur l'art » se devait d'être brève pour permettre à chaque lectrice et lecteur de poursuivre à sa guise l'entretien que je ne fais qu'entamer.

Mais avant d'aller plus avant, je tiens à dire ma dette envers les critiques d'art tels que Robert Derome, Jocelyne Lepage, Jean-Claude Leblond, Robert Lévesque, René Viau, etc. dont les comptes rendus dans les journaux et les revues initient un vaste public à la chose artistique, ainsi que tous ceux et celles qui, dans des études plus poussées, tiennent un propos savant dans une langue accessible. De ce dernier groupe, je retiens les noms qui paraissent dans ma bibliographie, surtout ceux de Louise Beaudry, de Guy Boulizon, de Monique Brunet-Weinmann, de Gilles Daignault, de François-Marc Gagnon, de Hughes de Jouvancourt, de Laurier Lacroix, de Gérard Morisset, de Constance Naubert-Riser, de Jean-René Ostiguy, de René Payant, de John R. Porter, de Jacques de Roussan, de Guy Robert, d'Esther Trépanier, de Jean Trudel et de Raymond Vézina.

---

1. Cette conception a toujours ses défenseurs, comme l'atteste la pression exercée sur le gouvernement du Manitoba par les Métis qui ont demandé et obtenu qu'on remplace, au cours de l'été 1994, le monument, jugé obscène, de Louis Riel, sur le terrain du Palais législatif, par une statue plus conforme à l'idée qu'ils se font de la dignité.
2. Thomas A. Harris, *D'accord avec soi et les autres*, Paris, Épi s.a. éditeurs, 1973.

Mon approche se distingue de la leur. Par respect pour eux, parce que je ne me sens pas à leur niveau. Mais c'est avec ces « guides bleus » en tête que je m'aventure dans les champs sans frontières et largement inexplorés de l'intuition.

Romancier et nouvellier, je me situe dans la tradition des Albert Laberge, des Jean Éthier-Blais et des Daniel Gagnon. Ce que peut l'écrivain, c'est avancer des théories et dire ce qu'il pense sans se sentir obligé de prouver ses hypothèses. Il peut ainsi faire des « projections libérantes » (Paul-Émile Borduas). Son point de vue, frondeur, est donc le contraire de celui du critique universitaire, précautionneux et timide par profession. C'est la seule opposition que je voie. Une opposition sans hostilité. Complémentaire plutôt. Car, si le critique parle d'une œuvre ou d'un artiste, l'écrivain, lui, peut engager un dialogue virtuel avec l'artiste même. C'est son domaine propre, celui des possibles qu'il peut explorer aussi loin que Gabrielle Roy dans *La montagne secrète* ou Jacques Folch-Ribas dans *Le tailleur de pierre*.

Dans *Les ateliers du pouvoir*, il est question des arts *au* Québec et non pas exclusivement des arts québécois, comme en témoignent les œuvres de la première catégorie, toutes faites par des artistes étrangers : Le Bernin, le frère Luc, Benjamin West et la princesse Louise. La liste n'est pas complète. Le lecteur ou la lectrice ajoutera, choisies selon ses goûts parmi les architectes, ingénieurs ou décorateurs de la Nouvelle-France et les topographes britanniques, ses propres « vedettes ». Même si sa route est plus large et plus longue que la mienne, nous arriverons fort probablement au même relais.

De là, on pourra reprendre la route ensemble, celle qu'illustre l'art d'imitation dont l'exemple le plus frappant est notre architecture. Toute notre architecture, y compris nos maisons « typiquement » québécoises, dont le principal intérêt est historique, l'histoire qu'elle raconte étant celle de colonisés. C'est pourquoi il ne sera pas question d'architecture dans ce livre, même si je réserve le mot de la fin à un architecte, nouvel Asmodée qui soulève les toits pour nous baigner de lumière et mieux nous révéler à nous-mêmes.

Les œuvres de la troisième catégorie à laquelle appartient cet architecte sont des fontaines. Certains en admirent l'emplacement ; d'autres, l'harmonie des formes. Je propose qu'on s'y abreuve.

PREMIÈRE PARTIE
L'art parental

Il n'est pas douteux que chaque régime possède son écriture, dont l'histoire reste encore à faire. L'écriture étant la force spectaculairement engagée de la parole, contient à la fois, par une ambiguïté précieuse, l'être et le paraître du pouvoir, ce qu'il est et ce qu'il voudrait qu'on le croie...

Roland Barthes,
Le degré zéro de l'écriture

Sous le régime français, on a importé objets d'art et artistes.

Au XIXe siècle et encore au XXe, on continue de transplanter au Québec des monuments français par leur sujet et par leur auteur tel celui de Champlain (1898) du « sculpteur parisien Paul Chevré et [de] son associé l'architecte Paul Le Cardonnel[1] » et cet autre de Moncalm, œuvre de Léopold Morice, « dévoilé le 16 octobre 1911 à Québec [...] réplique exacte du monument érigé en 1910 à Vestric-Candiac en France, lieu de naissance du héros[2] », tous deux se trouvant dans la Vieille Capitale. On avait, pour ces monuments, l'excuse que, le sujet étant français, les artistes de France pouvaient leur faire justice mieux que ceux d'ici. On ne peut toutefois pas, pour le monument de Mgr Taschereau (1923), du sculpteur français André Vermare, évoquer semblable raison. Ces commandes témoignent du peu de confiance que faisait le gouvernement aux artistes du cru.

À la même époque, l'Église du Québec fera aussi appel aux étrangers, qu'elle ira chercher de préférence en Italie, mais parfois aussi aux États-Unis. Si l'église Notre-Dame de Montréal commande à l'Italien Giovanni Silvagni un chemin de croix conforme aux directives de Rome, et la cathédrale Saint-Jacques-le-Majeur à un autre Italien, Giulio Barberi, le sarcophage de Mgr Bourget, la Compagnie de Jésus, elle, confie la décoration entière du Gesù de Montréal à l'Américain Daniel Müller[3].

---

1. Denis Martin, *Portraits des héros de la Nouvelle-France*, Montréal : Hurtubise HMH, coll. « Cahiers du Québec / Album », 1988, p. 96.
2. *Ibid.*, p. 138.
3. Voir l'excellent article de Ginette Laroche « Les Jésuites du Québec et la diffusion de l'art chrétien. L'église du Gesù de Montréal, une nouvelle perspective », *Annales d'histoire de l'art canadien*, vol. XIV, n° 1, 1991, p. 6-27.

Ces œuvres parlent d'autorité et s'imposent comme la tradition et le pouvoir central. Elles n'ont rien de discutable, ni quant à leur contenu, toujours sérieux et orthodoxe, ni quant à leur exécution, toujours parfaite, selon les canons du bon goût de l'époque. Elles doivent inspirer la crainte et le respect. Aussi s'incline-t-on humblement devant elles, en signe de soumission.

De cet art, que je qualifie de « parental » à cause des liens qu'il établit entre celui qui l'a commandé et ceux auxquels il est destiné, je n'ai retenu que quatre exemples : deux remontant au régime français et deux autres plus récents. Pour ce qui est du contenu, deux représentent des souverains, et les deux autres une prise de possession du territoire convoité.

Le Bernin à Québec

Le Bernin, *Buste de Louis XIV*, bronze, copie exécutée en 1931, place Royale, Québec.

Tous les modes d'activité humaine expriment, par delà la personnalité du prêtre, du savant, du juriste, du poète, du peintre et du sculpteur, les intérêts de la classe dirigeante!

Waldemar George,
Paradoxes sur l'art

On ne le dira jamais trop, tant cela est vrai, Louis XIV avait le sens de la grandeur. Tout jeune encore, il n'avait que vingt-sept ans en 1665, il fit venir en France le plus grand sculpteur du siècle, Gian Lorenzo Bernini (1598-1680) pour qu'il fît de lui un buste en marbre. Cette œuvre, en tout point mineure, coûta pourtant au roi de France une fortune, ce qui, sa magnificence étant connue, n'est pas peu dire. En effet, pour convaincre le Bernin de quitter Rome, on dut lui promettre et organiser une série de fêtes devant égayer son parcours et le disposer en faveur de celui qui achetait à un prix aussi exorbitant l'honneur de poser pour lui, l'honneur d'être, en quelque sorte, son sujet.

S'il faut en croire Chantelou[1], le vin français ne monta pas à la tête du sculpteur-architecte habitué au vin italien, plus capiteux. Au contraire, rendu à Paris, il trouva que, si la capitale française prétendait rivaliser avec la ville des papes qui lui devait ses plus fiers monuments, elle avait du chemin à faire. Il poussa la maladresse jusqu'à traiter le dôme du Val-de-Grâce d'«une bien petite calotte sur une grosse tête[2]». Or cette chapelle, on s'en souviendra, avait été édifiée en reconnaissance de la naissance de son hôte. C'était lui dire comme il avait été mal servi par l'architecte d'Anne d'Autriche, François Mansart (1598-1666), et que, si Louis XIV songeait sérieusement à sa gloire, il ferait bien d'avoir recours à un architecte plus doué et plus à la mode.

C'est dans cette atmosphère tendue que le Bernin soumit ses plans pour la nouvelle façade du Louvre. Piqués au vif, les Français y trouvèrent assez de défauts pour inquiéter le roi, qui, les jugeant trop dans le goût italien pour un palais français, finit par les refuser, donnant ainsi son appui aux tenants

---

1. Paul de Fréart, sieur de Chantelou, *Journal de voyage du cavalier Bernin en France*, Aix-en-Provence, Pandora, 1981, 345 p.
2. *Ibid.*, p. 38.

du classicisme, décision qui marqua la victoire des nationalistes qui soutenaient Claude Perrault (1613-1688).

On tenta aussi de discréditer le sculpteur. Mais en soulignant les défauts du marbre, n'était-ce pas ceux du modèle qu'on relevait? La couleuvre fut sans doute dure à avaler, mais comme Louis XIV était roi, il n'éclata point, «les cris [étant] indécents à la majesté souveraine[3]». Le buste, il y tenait. Pourquoi?

Le roi, ayant un jour admiré la qualité d'exécution d'un tableau de Nicolas Mignard (1606-1668), lui commanda son portrait et le chargea de décorer son appartement aux Tuileries. Les courtisans, flatteurs de métier, singèrent le souverain et se firent à leur tour portraiturer par son peintre, de sorte que tous ceux qui voulaient être bien vus à la cour faisaient voir au moins un portrait de Mignard chez eux, ce qui eut pour effet de populariser ses œuvres, de les rendre en quelque sorte communes, ce qui est le contraire de la grandeur qui se veut rare. Avec le Bernin, ce serait différent, grâce à ces mêmes courtisans qui, s'en étant fait un ennemi redoutable, ne pouvaient plus compter sur lui pour rendre leurs traits aimables pour l'instant présent comme pour la postérité.

Le buste de Louis XIV serait donc, dans tout le royaume, un objet unique[4], à l'image du roi, une image que grandirait la réputation du plus habile sculpteur du siècle. C'est pourquoi le monarque, qui avait la mentalité d'un collectionneur constamment à l'affût de l'objet rare qui fait sa réputation d'homme de goût, affectionna longtemps ce buste qu'il emporta avec lui à Versailles.

Vingt ans plus tard, il l'estimait encore assez pour en faire faire une copie de bronze qu'il destinait à la ville de Québec. Ce cadeau s'imposait, car la colonie, qui venait de voir partir son gouverneur, son intendant et son premier évêque, se demandait, à juste titre, ce que l'avenir lui réservait. Au mois d'août 1685, la réponse se précisa. Le nouveau gouverneur, Jacques-René de Brisay, marquis de Denonville, arrivait en compagnie de Mgr de Saint-Vallier. L'année suivante, l'intendant Bochard de Champigny débarquait à son tour et fit aussitôt installer le buste de Louis XIV au marché de la basse-ville de Québec, rebaptisé, pour le recevoir, place Royale.

Le buste de proportion modeste, mais de la plus haute qualité, tient admirablement compte des dimensions de la petite place. Il dit assez bien

---

3. Jean de La Fontaine, « Le Milan, le Roi et le Chasseur », Fables, Livre 12e , Paris, NRF, coll. «Bibliothèque de la Pléiade», 1954, p. 299.
4. Selon l'éditeur de la revue Connaissance des arts, « [l]ors de son séjour en France, en 1665, Le Bernin proposa de créer un ensemble équestre en l'honneur de Louis XIV, qui devait être placé entre le Louvre et les Tuileries. Exécutée entre 1671 et 1675, l'œuvre n'a été transportée en France qu'en 1684. » Contrairement à ce que nous prétendons, ce monument serait, toujours selon le même auteur, «la seule sculpture du Bernin que possède la France» (Connaissance des arts, n° 427, septembre 1987, p. 3, 7).

que le roi, donc la France, s'installe en Amérique du Nord pour y rester. Il fait sentir aussi, par sa présence, que le roi a l'œil sur sa colonie, qu'il y envoie des représentants qu'il surveille également et qu'il peut rappeler. Il déclare enfin à ses ennemis éventuels que violer le territoire qu'il honore de sa présence, c'est s'en prendre à sa personne. C'est pourquoi, quand il se sentira menacé par les Anglais et par les Iroquois, Louis XIV avalera une fois de plus son orgueil et renverra Frontenac, qui était tombé en défaveur, défendre sa réputation à Québec.

Si je ne m'abuse, ce buste de Louis XIV, « disparu depuis 1690 [5] », fut le seul monument de bronze en Nouvelle-France. Si, depuis 1931, il occupe de nouveau un socle à la place Royale, on le doit non pas à un changement de régime, mais à la générosité de la France qui offrit cette seconde copie au Québec, en reconnaissance sans doute des bons procédés du gouvernement Taschereau à son égard, et surtout à la renommée de l'artiste qui l'exécuta, l'histoire donnant raison au Bernin qui, conscient du rôle éminent des artistes dans la fabrication de la réputation des souverains, avait répondu au médecin de Louis XIV que son « roi durerait plus longtemps que le sien [6] ».

---

5. Rodolphe Fournier, *Lieux et monuments historiques de Québec et environs*, Québec, Garneau, 1976, p. 42.
6. Paul de Fréart, *op. cit.*, p. 38.

La suprématie de l'art selon Claude François, dit le frère Luc (1614-1685)

Frère Luc, *La France apportant la foi aux Hurons de la Nouvelle-France*,
collection des Ursulines de Québec.

Les dieux se manifestent par les ouvrages des hommes. L'art est le seul témoignage tangible de leur présence et de leur existence.

Waldemar George,
Paradoxes sur l'art

Le 18 août 1670, le frère Luc débarque à Québec. Il n'est pas seul : cinq autres récollets ont répondu à l'invitation lancée par Jean Talon qui revient, sur le même bateau qu'eux, rétablir, en Nouvelle-France, « dans la juste balance l'autorité temporelle qui réside en la personne du Roi et en ceux qui le représentent, et la spirituelle qui réside en la personne dud[it] s[aint] Évesque et des Jésuites, de manière toutefois que celle-cy soit inférieure à l'autre [1] ». Dans ce *Mémoire du Roi pour servir d'instruction à Talon*, qui date de 1665, la raison d'État l'emporte sur la logique. Il ne s'agit pas, en effet, de véritable « balance » puisque l'autorité du roi doit être supérieure à l'autorité de l'Église. Ce document officiel, rédigé dans le subtil langage de la cour, définit on ne peut mieux ce qu'est le « gallicanisme ».

Louis XIV pousse la malice encore plus loin lorsqu'il parle de « la personne du s[aint] Évesque ». Rappelons les faits : Mgr François-Xavier de Montmorency-Laval était, depuis 1659, le vicaire apostolique du pape en Nouvelle-France. Cette nomination relevait de Rome. C'est, par contre, le roi de France, chef temporel de l'Église, qui nomme les évêques sur son territoire. Si, après onze ans de services, Mgr de Laval n'a toujours pas de diocèse, c'est que le roi a tout lieu de se plaindre de l'ancien élève des jésuites, qui exerce sur le Conseil souverain plus de pouvoir que le gouverneur Mézy dont il sape publiquement l'autorité. Aussi Louis XIV ne récompensera-t-il Mgr de Laval qu'en 1674, alors que Talon aura pleinement réussi à diviser le pouvoir ecclésiastique en factions de manière à le rendre inefficace à défendre ses intérêts particuliers devant le pouvoir civil, unifié en la personne de Louis de Buade, comte de Frontenac, gouverneur depuis 1672.

---

1. *Mémoire du Roi pour servir d'instruction à Talon*, cité par François-Marc Gagnon et Nicole Cloutier dans *Premiers peintres de la Nouvelle-France*, Québec, M. A. C., série « Arts et métiers », 1976, vol. I, p. 56.

Au milieu de tant d'esprits échauffés, le frère Luc réussit à garder la tête froide. Durant les quinze mois de son séjour en Nouvelle-France, loin de mettre de l'huile sur le feu en favorisant sa communauté au détriment des autres détenteurs du pouvoir religieux, il met, au contraire, ses talents au service de tous les partis. Suivant le principe voulant que la charité bien ordonnée commence par soi-même, les premiers servis seront, bien sûr, les récollets, pour lesquels il dessine les plans d'un nouveau monastère, le premier ayant été détruit par les frères Kirke, dont le nom — quelle ironie! — signifie «église», lors de la prise de Québec en 1629. Ce monastère deviendra l'Hôpital général.

Après les récollets viennent les jésuites. Comme on peut le voir, le frère Luc a le sens de l'histoire. Il trace pour eux les plans du séminaire de Québec élevé en 1677-1678. «Primitivement, nous apprend Gérard Morisset, cette construction comprenait deux étages seulement. Ils ont été dévastés par l'incendie en 1701 et en 1705 [...]. Après l'incendie de 1865, on releva l'édifice d'un étage [2].»

Il ne sera pas dit que le frère Luc a oublié qui que ce soit. Mgr de Laval, dont la nomination à l'épiscopat ne saurait tarder, ne voudrait-il pas un palais digne du premier évêque de la Nouvelle-France? Mgr de Laval, qui retournera en France, en novembre 1671, sur le même bateau que le frère Luc, dans l'intention de faire accélérer les choses, accepte l'offre que lui fait l'architecte, décorateur et peintre qui, dans le civil, avait fait partie de l'équipe chargée de l'ornementation de la Grande Galerie du Louvre, sous la direction de Nicolas Poussin, collaboration qui lui avait valu le titre de «peintre du Roi [3]». Enfin nommé évêque de Québec en 1674, Mgr de Laval aura toute raison de se féliciter de cette décision car, une fois les travaux commencés, son palais suscitera l'envie du comte de Frontenac qui se plaint amèrement de l'extravagance du prélat:

> M. l'évêque empêche lui-même qu'on puisse douter de son revenu par les grands et superbes bâtiments qu'il fait faire à Québec, quoique lui et ses ecclésiastiques fussent déjà logés plus commodément que les gouverneurs. Le palais qu'il fait faire, au dire du frère Luc, récollet, qui en a donné le dessin, coûtera plus de quatre cent mille livres. Cependant, nonobstant les autres dépenses que fait M. l'évêque, la plupart non nécessaires, il en a déjà fait le quart en deux ans. Le bâtiment est fort vaste et a quatre étages; les murailles ont sept pieds d'épaisseur; les caves et les offices sont voûtées; les fenêtres d'en bas sont faites en embrasures et la couverture est d'ardoise toute apportée de France [...] [4].

On voit, par cette lettre, l'importance que l'Église et la cour accordaient aux bâtiments qui les définissaient aux yeux du peuple, et que le pouvoir civil

---

2. Gérard Morisset, *La vie et l'œuvre du frère Luc*, Québec, Médium, 1944, p. 91.
3. *Ibid.*, p. 21.
4. Lettre à la Cour de Versailles [1678], citée par l'abbé Auguste Gosselin dans *Le vénérable François de Montmorency-Laval*, p. 187, et reprise dans *La vie et l'œuvre du frère Luc, op. cit.*, p. 73.

ne voulait pas paraître, dans cette compétition, plus faible que le pouvoir religieux. Ce que Frontenac réclame, ce n'est pas qu'on limite les dépenses de l'évêque, mais bien qu'on augmente les revenus du gouverneur et, du fait même, sa visibilité.

La lutte est belle, mais perdue d'avance pour le pouvoir civil qui, sous le Régime français, n'a pas eu, pour l'illustrer, de peintres d'histoire comme l'Église a eu ses peintres religieux. C'est ainsi que les victoires françaises sont passées pratiquement inaperçues, et que, ne laissant derrière elles aucun souvenir tangible sous forme de tableaux épiques, un Lord Durham a pu écrire que les Français d'Amérique du Nord étaient un peuple sans histoire, alors que, dans son fameux *Rapport*, il ne dit jamais que c'est un peuple sans religion. Il n'aurait pu le dire sans fausser honteusement la réalité.

L'Église, en Nouvelle-France, tout en se pliant à l'autorité civile, de force — cela va sans dire —, mais avec assez de souplesse pour ne pas rompre, avait continué de poursuivre la politique de Rome qui favorisait la propagation de la foi par l'image. Nul artiste mieux que le frère Luc qui, en 1634, s'était rendu à Rome même où il avait été, pendant quatre ans, initié à l'art de la Contre-Réforme, ne pouvait lui donner l'élan qui la maintiendra sur cette voie pendant près de cent ans.

Entre août 1670 et novembre 1671, il exécute une trentaine de peintures pour l'église de la Sainte-Famille et celles de L'Ange-Gardien et de Château-Richer, et pour l'hôpital de Québec. De cette production impressionnante, je ne retiens, pour les besoins de cette étude, que les tableaux relatifs à la francisation ou à la conversion des Indiens par les Français, soit *La Sainte Famille à la jeune Huronne* et *La France apportant la foi aux Hurons de la Nouvelle-France* qui tiennent compte de la réalité locale et qui définissent sans équivoque les liens que les Français désirent établir entre les peuples autochtones et la France catholique.

La Sainte Famille à la jeune Huronne (1671) se trouve au monastère des ursulines de Québec. C'est, selon G. Morisset, « l'ouvrage le plus raphaélesque du frère Luc [5] » par l'aisance de la composition et la souplesse du modelé ; « et, pourtant, ajoute-t-il à la même page, c'est une œuvre vraiment originale », ne serait-ce que par le sujet qui illustre « une des nombreuses visions de la Mère Marie de l'Incarnation [6] » que le frère Luc traduit de la façon suivante : « [...] saint Joseph, patron de la Nouvelle-France, présente à Marie une jeune Indienne, prémisses de l'évangélisation des Sauvages. Saint Joseph est à gauche, la tête penchée. La Vierge est à droite, vêtue d'un manteau bleu, retenu sur l'épaule par une agrafe. Jésus est sur les genoux de sa mère [...]. Par l'échancrure de la draperie rouge, on voit au loin le rocher de Québec d'un gris mauve. Au pied de la falaise [on] aperçoit des wigwams [7]. »

---

5. Gérard Morisset, *op. cit.*, p. 52.
6. *Ibid.*, p. 119.
7. *Ibid.*

« La grâce et la sentimentalité » expriment ici «une sorte de beauté accessible et facile[8] » qu'on associera longtemps à l'art religieux destiné à un vaste public qui ne demande rien d'autre d'un sujet de méditation pieuse. Devant des compositions de ce genre, on pense à ce que disait Pierre Marois : «Un art religieux ne réclame pas l'admiration ; s'il a un accent trop personnel il ne peut que distraire l'esprit ; il doit solliciter l'attention, mais permettre à celle-ci de s'évader[9]. »

Tout autre me paraît être *La France apportant la foi aux Hurons de la Nouvelle-France*, qui date de la même époque que le tableau précédant à moins qu'il ne fût, plus vraisemblablement, complété en France l'année suivante, alors que le frère Luc aurait su que le nouveau gouverneur entrant en fonctions en 1672 serait Louis de Buade, comte de Frontenac dont on reconnaît la couronne comtale surmontant les armoiries qui se trouvent sur le bateau, à droite.

Ce tableau fait pendant à la gravure de Grégoire Huret, *Le martyre des missionnaires jésuites* (1664), que le frère Luc cite d'ailleurs, puisqu'il incorpore à son tableau quelques éléments empruntés au graveur français, les chapelles jésuites, par exemple, qui occupent le même espace dans les deux œuvres.

Mais ici les rôles sont renversés. La civilisation française triomphe, drapée dans son manteau royal, et c'est l'Indien qui est humilié dans sa personne et dans sa culture, puisqu'il abandonne déjà, en partie, sa tenue vestimentaire pour se couvrir d'un manteau moins riche que celui de la figure allégorique mais tout aussi français, comme les gestes et la pose qui tiennent du théâtre cornélien où l'on passe plus de temps sur un genou ou sur l'autre qu'assis dans un fauteuil. À la cruauté des Indiens de Huret, le frère Luc oppose la dignité grave de la France à laquelle il est presque agréable de se soumettre.

Ce tableau fort complexe se prête à au moins trois autres lectures : religieuse, politique et esthétique.

Le thème religieux est d'autant plus évident qu'il est répété. Dans la partie supérieure de ce tableau, divisé comme le sont ceux du Greco, l'on aperçoit la Sainte Famille au grand complet, les trois générations répondant aux trois personnes en Dieu. Ce portrait de famille est repris avec de faibles variantes dans le tableau à l'intérieur du tableau, structure en abyme qui fait écho au point de fuite du centre du tableau, qui figure lui aussi l'infini. Le discours dans ces représentations céleste et terrestre est également celui que l'on tient dans les deux chapelles de gauche, de très humbles bâtiments qui enseignent, par l'exemple, qu'il ne faut pas se fier aux apparences, puisque leurs portes ouvertes donnent sur le ciel qu'assure la croix au-dessus d'elles.

---

8. *Ibid.*, p. 52.
9. Pierre Marois, *Des goûts et des couleurs*, Paris, Albin Michel, 1947, p. 164.

La présence de la France, sous les traits de la reine Anne d'Autriche, mère de Louis XIV et régente de 1643 à 1661, fait de ce tableau, essentiellement religieux, un tableau à valeur également politique. Mais comment séparer, sous le règne du Roi-Soleil, l'Église de l'État qu'incarne le souverain? Comme le roi réunit tous les pouvoirs et que le pouvoir religieux paraît le moins odieux au frère Luc, celui-ci présente la France comme étant avant tout catholique, en maintenant toutefois une distinction de taille entre le pouvoir temporel, qui se manifeste par la richesse des vêtements royaux, et le pouvoir spirituel qui n'a à lui opposer que de petites chapelles perdues dans le bois. La France, qui a traversé l'océan comme un rayon de soleil pour éclairer les habitants du Nouveau Monde plongés dans la pénombre, invite l'Indien à sortir de l'obscurité (paganisme) et à partager, avec elle, sa pompe et ses espoirs de vie éternelle dans la maison du Père céleste. C'est un partage inégal : l'Indien est à genoux devant la France debout ; la tunique de l'un ressemble à celle de l'autre, mais en moins riche ; la couronne reste, entière, sur la tête de la France. C'est à se demander quelle place dans le ciel peut bien convoiter cet Indien plus soumis que reconnaissant, si on peut en juger par la grimace qu'il fait en recevant le message qu'on lui transmet ou l'ultimatum qu'on lui sert. Ce qui est remarquable ici, c'est l'absence de toute violence, de toute manifestation de puissance physique de la part du gouvernement colonial français, autre que ce bateau et ses canons, comme si le frère Luc avait voulu faire croire à ceux auxquels il destinait ce tableau que la francisation et l'éventuelle évangélisation des Indiens d'Amérique se faisaient sans résistance de la part des peuples autochtones trop heureux de gagner l'amitié des Francais à si bon compte et d'assurer, du même coup, leur salut éternel.

Ce que dit enfin ce tableau, c'est la toute-puissance de l'art, « seul témoignage tangible de [la] présence [10] » de Dieu. Le tableau à l'intérieur du tableau est une représentation humaine d'une scène divine, d'une scène donc que l'artiste ne peut saisir que par intuition. Et son intuition, nous dit le frère Luc, est fort juste, les différences entre la réalité divine et sa représentation sur toile ne portant que sur des détails. Dans le ciel, la Trinité forme un tout inséparable autour d'un globe qui ne peut être que la Terre sur laquelle Elle veille en tout temps. Dans le tableau, cette Trinité se sépare en ses parties distinctes : au plus bas de l'échelle se trouve le Christ, qui s'est incarné et qui est mort sur la croix ; le Père céleste, qui n'est pas descendu sur terre, occupe toujours le ciel ; entre les deux, plane le Saint-Esprit qui appartient aux deux univers et qui sert de voie de communication entre les divers paliers. Les parents et les grands-parents de Jésus, ceux du tableau, occupent la même place, le même rang et portent les mêmes couleurs que dans la « réalité ». La ressemblance entre les personnages des deux groupes, le « vrai » et celui qui n'en est que la représentation, est telle qu'un amateur

---

10. Waldemar George, *Paradoxes sur l'art*, Pully-Lausanne, Pierre Cailler éditeur, coll. « Les problèmes de l'art », 1960, p. 141.

pourrait s'y tromper. Au ciel, tous reposent sur des nuages ; sur terre, le décor et les meubles sont plus solides. C'est ainsi que l'artiste tient compte des limites intellectuelles des fidèles, qui cherchent, même dans un tableau représentant le divin, une logique et un cadre humains. Dans le tableau donc, point d'angelots ; ils sont tous au ciel.

La France apportant la foi aux Hurons de la Nouvelle-France dit que même le tableau le plus parfait dans son exécution ne peut que figurer imparfaitement les choses divines, mais qu'un tableau religieux comme celui-ci, malgré le talent limité de l'artiste, donne une assez juste idée du ciel et du bonheur de s'y trouver, ce qui en fait un tableau de propagande religieuse et politique, ainsi qu'une œuvre apologétique puisqu'elle justifie le rôle de l'artiste dans l'avancement de la culture européenne en Amérique du Nord et l'œuvre d'évangélisation de la France.

Le frère Luc déplace donc la question de l'équilibre entre l'autorité temporelle et l'autorité spirituelle, en les subordonnant toutes les deux à celle de l'art qui les sert, bien sûr, mais qui s'appuie aussi fortement sur elles pour établir sa suprématie. Vision prophétique puisque, du Régime français en Nouvelle-France, que reste-t-il autre que quelques œuvres d'art dont celles-ci du frère Luc, les premières à ne pas avoir une valeur uniquement ethnographique ?

Benjamin West : *Mort du général Wolfe*, baptême de sang du Canada

Benjamin West, *La mort du général Wolfe*, 1770, huile sur toile, 152,6 x 214,5 cm, Musée des beaux-arts du Canada, Ottawa (transfert des œuvres canadiennes commémoratives de la guerre, 1921 — don du 2e duc de Westminster, Eaton Hall Cheshire, 1918).

La journée du 13 septembre 1759 est passée à l'histoire. Montcalm, qui s'était aventuré trop avant et qui s'était exposé aux balles ennemies, n'eut pas à subir l'humiliation de remettre les armes. Wolfe, qui s'était cru invincible parce qu'il était demeuré invaincu, commit la même erreur que son rival, sorti victorieux de la bataille de Carillon, et n'eut pas la satisfaction d'entrer en triomphe dans la capitale du pays. Le désespoir et la témérité se partagèrent les morts avant que la gloire ne recouvre les uns et les autres d'un linceul de lauriers.

De Louisbourg à Québec, tout ce qui comptait vraiment de la Nouvelle-France était tombé aux mains des Anglais. Montréal, les forts Frontenac et Niagara — et quoi d'autre encore — étaient sans importance, la seule voie de communication étant par eau et le fleuve comme le golfe appartenant aux vainqueurs des plaines d'Abraham.

Ainsi s'acheva, pour les Anglais, la conquête de l'Amérique du Nord, puisque la victoire des Français à Sainte-Foy, le printemps suivant, ne sera qu'un exercice sans lendemain, la France ne tenant plus à cette colonie dont Voltaire s'était moqué et dont elle ne gardait que de mauvais souvenirs et des récits qui avaient depuis fort longtemps cessé d'impressionner par leurs redites et d'émouvoir par leurs bondieuseries, la plupart ayant coulé de la plume de prêtres dont la mission avait été trop religieuse pour rapporter, pour servir donc les véritables intérêts d'une couronne moins catholique au

XVIIIe siècle qu'au siècle précédent alors que les mystiques et les dévots avaient disputé le territoire aux trafiquants.

George III, qui savait bien qu'une histoire qui n'est pas superbement illustrée s'efface vite de la mémoire des gens, voulut rappeler les événements par une belle image qui ferait date et ferait peut-être oublier que cette victoire avait été gagnée durant le règne de son prédécesseur. Benjamin West (1738-1820) reçut la commande en 1770. Il ne s'agissait pas de faire vrai, les signatures au bas du traité de Paris de 1763 suffisant pour reconnaître les faits et les authentifier. Ce qu'on exigeait de lui, ce n'était pas une leçon d'histoire, mais un poème épique. West fabriqua, dans un tableau sans précédent, une épopée chrétienne, mêlant le profane et le sacré, l'Évangile et l'histoire récente, faisant d'une mort un baptême, et d'un général un rédempteur.

Le sujet s'y prêtait admirablement. La Nouvelle-France, territoire appartenant à un roi absolu de droit divin, était passée à un autre roi de droit divin également, mais constitutionnel. Ce conflit entre personnes sacrées pouvant offenser Dieu, il n'était pas mauvais d'offrir un sacrifice à Sa colère éventuelle. La chose était d'autant plus facile que le destin s'était chargé de choisir la victime, Wolfe lui-même qui, dans la force de l'âge, s'immole pour son roi et pour sa patrie. Son sang jeune et pur, comme doit l'être celui d'un héros de légende, rachète sa faute, et le territoire qui en est baigné reçoit par le fait même son baptême de sang. Si l'Acadie, si Louisbourg avaient pu tomber aux mains des Anglais et être rendus peu après aux Français comme cela s'était vu plus d'une fois, Québec, la capitale, ne pouvait pas subir le même sort, Dieu ayant accepté le sacrifice que Lui avaient fait les Anglais. C'est ce que dit le tableau de West, une descente de croix[1], qui, baigné de lumière au premier plan, annonce la résurrection prochaine.

Ce qu'apporte le feu et l'épée, pour reprendre non sans intention l'expression de saint Paul, c'est une nouvelle Bible, celle du roi Jacques, et, avec elle, un changement radical de civilisation. Au loin, vers la gauche, c'est la géhenne, aux teintes sombres, dans laquelle s'engouffre la Nouvelle-France, son armée et son Église que symbolise un clocher qui pointe lamentablement vers le ciel son toit calciné. Tout ce qu'on a pu sauver de cette Sodome, c'en sont les drapeaux, objets qui serviront de preuves que cette ville, capitale et métropole de la Nouvelle-France, a bel et bien existé.

Entre ce qui prend fin et ce qui commence, s'élève un épais rideau de fumée qui encadre, comme s'il était d'encens, l'autel sur lequel se sacrifie le général anglais. Cette fumée sert donc à purifier les lieux maudits et à les rendre acceptables au nouveau culte, comme on a souvent, aux premiers temps de l'Église, christianisé les temples païens après en avoir détruit les idoles.

---

1. « Wolfe, entouré de ses officiers, repose dans une attitude rappelant les *Descentes de croix* médiévales », signale Denis Martin dans *Portraits des héros de la Nouvelle-France*, Montréal, Hurtubise HMH, coll. « Cahiers du Québec/Album » 1988, p. 133.

Tout, cependant, n'est pas encore consommé, puisque le général vit toujours. De fait, il ne mourra jamais, l'artiste ayant voulu éterniser ce « moment historique[2] », dynamique puisqu'en suspens, le tableau servant en quelque sorte de démenti à son titre. Il ne s'agit pas, en effet, de la mort de Wolfe, mais bien de son agonie. Peindre Wolfe mort aurait été illustrer une défaite. Ainsi fait, le tableau est à la fois une descente de croix et une résurrection, ce qui me paraît seyant à un tableau commémoratif dont le but est de réitérer un grand fait. Le propre de la commémoration étant de faire revivre sous forme symbolique ce qui ne peut être vécu qu'une fois, l'artiste offre au spectateur la possibilité de revivre le sacrifice de Wolfe autant de fois qu'il le désire ou qu'il en a besoin pour fortifier son âme contre les Français et l'Église catholique. Ce tableau est donc une messe au même titre que celle que durent célébrer les Français au moment où ils fondèrent Québec. Celle-ci, toutefois, célèbre la nouvelle alliance entre Dieu et le Canada anglais, sans l'entremise d'un membre du clergé, ce qui en fait un tableau bien protestant.

Sont présents au sacrifice douze personnages, comme les apôtres. Croire en une coïncidence serait pure naïveté. Leur présence, au contraire, situe le tableau dans une tradition religieuse ancienne que West renouvelle en faisant de Wolfe un Christ laïc, un sauveur du même âge ou peu s'en faut que Lui. Ces témoins ne sont pas des pleureurs comme on en voit dans les descentes de croix traditionnelles ; ils n'ont pas non plus l'air étonné de ceux qui assistent à la résurrection. Ce sont des militaires identifiables et identifiés, « Monckton, le colonel Williamson, le docteur Adair, les capitaines Smith et Debbeing, le major Barré, etc.[3] », des gens donc habitués à voir souffrir et mourir des soldats. Ce qui peut aussi expliquer leur insensibilité, c'est que « plusieurs de ces personnages n'étaient pas sur les plaines d'Abraham le jour de la célèbre bataille. Quelques années plus tard, ceux-ci revendiquèrent l'honneur d'avoir assisté au décès de Wolfe et Benjamin West les intégra à sa composition[4] ». Et tant pis pour la vérité historique qui le cède, sans scrupule, aux intérêts de l'artiste qui croit plus profitable, pour lui, de faire des portraits ressemblants que d'illustrer des documents authentiques.

Me paraît également douteuse la présence d'un chef indien au premier plan, aucun d'eux n'ayant beaucoup à espérer de conquérants qui, en Nouvelle-Angleterre, soit au Massachusetts, au Connecticut, au New Hampshire, à New York et au New Jersey avaient, de 1694 à 1756, fait adopter des lois légalisant le massacre des Indiens, hommes, femmes et enfants, et fait voter des crédits prévoyant le paiement de primes, allant de cinquante à trois cent cinquante livres, pour les scalps de sauvages. Si l'Indien de West paraît songeur, disons qu'il a toute raison de l'être.

2. Patricia Smart, *Hubert Aquin, agent double*, Montréal, Presses de l'Université de Montréal, 1973, p. 58.
3. Denis Martin, *op. cit.*, p. 133.
4. *Ibid.*, p. 133-134.

On comprend que, tel quel, ce tableau ne pouvait que plaire à ses commanditaires d'abord, puis, à partir de 1776 alors qu'on en fit circuler les premières gravures, à tous les Anglais qui se sont laissé facilement séduire par sa force persuasive due principalement à la perfection de son exécution et par la beauté du mouvement qui va de gauche à droite comme on lit une page d'histoire et de bas en haut comme se hisse un drapeau.

Le portrait à deux têtes de la princesse Louise (1848-1939)

Princesse Louise, *Monument de la reine Victoria*, 1895, bronze, Royal Victoria College, Faculté de musique de l'Université McGill, Montréal.

> La vie des statues est faite bien plus de celle des artistes que de celle des modèles.
>
> Paul Bellugue,
> *À propos d'art, de forme et de mouvement*

Au 555 de la rue Sherbrooke Ouest, se situe le Royal Victoria College qui, en 1899, ouvrit ses portes aux étudiantes pensionnaires et externes de l'Université McGill qui y trouvaient des chambres, des salles de classe, un salon, une bibliothèque et un gymnase. En plus des leçons de musique qui s'y donnaient, elles y suivaient, durant les deux premières années de leurs études, les mêmes cours qu'on offrait aux jeunes gens qu'elles rejoignaient, après cette initiation, pour obtenir les mêmes diplômes qu'eux, soit le Bachelor of Arts ou le Bachelor of Science.

Ce collège, aujourd'hui Faculté de musique de l'Université McGill, elles le devaient à la bienveillance de Lord Strathcona, mais aussi du philanthrope Donald Smith qui poussa la générosité jusqu'à faire installer, en 1900, l'imposant monument de la reine Victoria (1819-1901) qui s'y trouve toujours :

> The ceremony was very short, but exceedingly impressive. Her Excellency Lady Minto pulled the cord which was put into her hand, immediately the white draping slid off and the statue of Her Majesty was revealed. At the same moment new lights forming the letters V. R. flashed out on the front of the building; the rifles, who lined the street, marched up and saluted; and there arose a sound of many voices singing «God Save the Queen.» The last touch of colour was given to the already gorgeous tableau in the beautiful bouquet of red and white roses presented by Miss Oakeley to Lady Minto [1].

Même si le bronze, coulé en Angleterre, date de 1895, ce n'est pas la femme alors âgée de soixante-seize ans qu'il représente. Le bronze est nettement plus jeune que la reine. Pas assez jeune toutefois pour figurer la reine en 1837, l'année de son couronnement et celle de la Rébellion dans le Bas-Canada, ce qui aurait pu en offenser certains, le regard de la souveraine embrassant toute la ville à ses pieds, y compris la prison où huit cent seize

---

1. Anonyme, «Opening Ceremonies at the R. V. C.», Reprinted from the *McGill Annual* of 1902, *Old McGill*, Montréal, 1930, p. 124.

Patriotes avaient été détenus, dont douze gravirent les marches de la potence dressée là où se croisent aujourd'hui les rues Notre-Dame et De Lorimier.

En 1895, la princesse Louise-Caroline-Alberta, sixième enfant de la reine Victoria et auteure de ce monument, se trouvait, comme Émile Nelligan vers la même date, devant deux portraits de sa mère. Par pitié ou piété filiale, elle choisit le portrait flatteur de sa mère à trente ans. Pourquoi cet âge? Deux raisons personnelles justifient ce choix qui a aussi valeur de symbole, puisqu'il aurait été malhabile d'envoyer dans une colonie un portrait affaibli de celle qui incarnait le pouvoir.

Les premiers souvenirs de la princesse Louise, née en 1848, devaient être de la reine, sa mère, à trente ans. Ces souvenirs étant bons, ce sont eux qui lui ont dicté le moment du règne de sa mère qu'elle avait décidé de reproduire. Ce monument évoquait donc pour la princesse un passé nostalgique avec lequel elle renouait. Mais ce monument, qu'elle avait conçu expressément pour le Canada, rappelait peut-être davantage à son auteure le temps qu'elle y avait elle-même vécu.

On sait, en effet, que la quatrième fille de la reine Victoria avait épousé le marquis de Lorne (1845-1914) et qu'elle l'avait accompagné de ce côté-ci de l'Atlantique alors qu'il y était en sa qualité de gouverneur général (1878-1883). À cette époque, la princesse avait trente ans. Son mari était, au pays, le représentant officiel de la reine, mais c'est la princesse qui la rappelait le mieux puisqu'elle était sa fille et qu'elle lui ressemblait, comme l'attestent maintes photos qu'on a conservées d'elle.

Sous les traits de la jeune femme, très sûre d'elle, qui regarde au loin couler le Saint-Laurent dans la direction de l'Angleterre, ne pourrait-on pas alors reconnaître aussi ceux de la princesse? Il semble que si. Vu de face, le monument rappelle ce que Victoria fut à trente ans, mais ce même monument, vu de profil, porte les traits de la princesse Louise telle qu'on peut la voir sur le portrait qui, en 1880, occupe, comme il se doit, la première place dans la publication de John Charles Dent, *The Canadian Portrait Gallery*.

En faisant don au Canada, quelque vingt ans après son retour en Angleterre, de cette statue impressionnante de sa mère qui saisit un moment révolu, le rappelle et l'immortalise en le fixant dans le bronze, la princesse s'associait à la fondation d'un collège qui répondait à ses aspirations, elle qui, en 1872, avait encouragé, en Angleterre, l'institution de la National Union for Higher Education of Women. Tout porte à croire qu'elle aurait poussé la coquetterie jusqu'à laisser d'elle-même, à Montréal, une image trompeuse, mais aussi combien fidèle, de ce qu'elle avait été et de ce qu'elle serait toujours aux yeux des Montréalais, tant ceux qui l'avaient connue que ceux qui ne connaîtraient d'elle que ce monument : la fille et le sujet de son œuvre.

Si cette hypothèse est valable, le monument ainsi conçu, en plus de corriger les injures du temps, réparait en quelque sorte l'affront qui lui avait été fait, en 1883, alors que l'architecte Eugène-Étienne Taché avait remplacé,

sur le plan final de la façade du Palais législatif de Québec, les statues proje-
tées de la princesse Louise et de son époux, par celles de Lord Elgin et de
Michel de Salaberry.

Comme on peut voir, ce monument, qui rend justice au sujet, en est un
qui, à plus d'un titre, appartient à l'art parental.

—

DEUXIÈME PARTIE

L'art adolescent

L'art extraverti est un art d'imitation. […]

Il est bien évident que l'art extraverti est un art qui s'adresse aux autres autant qu'à soi-même, car autrui peut reconnaître dans l'œuvre le modèle qui l'inspira. Mais le modèle est dans une mesure plus ou moins grande transformé par la main de l'homme si bien que, dans l'œuvre d'art extraverti, on retrouve à la fois l'empreinte du modèle et la marque du fabricant. Une telle œuvre d'art fait communier l'homme avec la nature et l'homme avec l'homme. De là, la valeur didactique et sociale de l'art extraverti. […] Art spécialement extraverti l'art didactique de toutes les cathédrales et de presque tous les temples où la vie des dieux, des héros et des saints nous est contée […].

Paul Bellugue,
À propos d'art, de forme et de mouvement

Les détenteurs du pouvoir, étant par nature conservateurs, favorisent les expressions artistiques qui ont fait leurs preuves, qui ne menacent pas les cadres administratifs, et qui, au contraire, tendent à les justifier quand ce n'est pas à les glorifier. Le nouveau étant ce qui choque — et le choc étant ce qui bouleverse les institutions établies —, on l'écarte le plus qu'on peut en l'ignorant, en agissant envers lui comme s'il n'existait tout simplement pas ou encore en l'étouffant dès qu'il hausse un peu la voix. Dans ces conditions, le seul art viable est celui qui se met au service du pouvoir, que celui-ci soit religieux, civil, commercial ou financier.

Du temps de la Nouvelle-France, les artistes copieront, en les simplifiant, les styles français, ceux donc des derniers Bourbons. Après la Conquête, l'art religieux ne subira aucune évolution remarquable, s'entêtant même, durant la Révolution française et sous l'Empire, à répéter les styles des derniers rois catholiques.

Les œuvres destinées aux bourgeois s'inspireront de préférence des styles anglais, ce qui sera le premier indice visible de la scission qui se prépare, dès le dernier quart du XVIIIe siècle, entre le pouvoir religieux et le pouvoir civil.

Ce que les diverses manifestations de cet art, que je qualifie d'adolescent, ont en commun, c'est qu'elles renvoient toutes à un art d'imitation que certains appellent également paraphrastique. Cet art timide, docile, bon élève est essentiellement contre toute innovation, toute audace. S'il y a écart entre l'œuvre d'ici et son modèle métropolitain — ce qui n'est nullement le cas des exemples retenus dans cette partie, mais qui l'est de bien d'autres que nous ne nommons pas pour ne pas entrer dans un débat esthétique qui nous éloignerait de notre propos — , c'est le plus souvent dans le sens de l'appauvrissement. Conscients des limites de leurs moyens, nos artistes, sortis trop tôt des écoles et des académies européennes, éliminent les détails que l'on juge toujours superflus quand on n'a pas le talent ou assez de métier pour les reproduire.

Ce qui me fait aussi qualifier cet art d'adolescent, c'est l'absence de jugement critique porté par les artistes sur le travail qu'ils font, entièrement tourné vers une cause qui les dépasse et à laquelle ils se soumettent, parce qu'ils reconnaissent au passé, à la tradition, une autorité que n'auront jamais, à leurs yeux, le présent et l'avenir. Pareille attitude fait d'eux des enfants, peu importe l'âge qu'ils atteignent ou l'expérience qu'ils acquièrent.

Au delà du visage
de Marguerite Bourgeoys

Pierre Le Ber, *Portrait posthume de mère Marguerite Bourgeoys*, huile sur toile, 62,25 x 49,5 cm, centre Marguerite-Bourgeoys, congrégation de Notre-Dame, Montréal.

Portrait de Marguerite Bourgeoys, dit Pseudo-LeBer, huile sur toile, 62,25 x 49,5 cm, centre Marguerite-Bourgeoys, congrégation de Notre-Dame, Montréal.

« Et pourquoi haïssez-vous les portraits ?

— C'est qu'ils ressemblent si peu, que, si par
hasard on vient à rencontrer les originaux, on
ne les reconnaît pas. »

Denis Diderot,
Jacques le fataliste

« Le portrait, dit André Malraux, ne peut aboutir qu'au peintre ou au
modèle, et ils sont ennemis [1] ». Cela saute aux yeux quand l'artiste est un
caricaturiste engagé au service d'une idéologie autre que celle du sujet. Si,
par contre, le portrait aboutit au modèle, l'artiste doit mettre tout son talent
à son service et tâcher de le rendre aussi fidèlement que possible, sans quoi
le commanditaire, qui n'est pas toujours le sujet portraituré, peut détruire
l'œuvre commandée ou la faire retoucher. C'est le sort qu'on réserva au *Portrait posthume de mère Marguerite Bourgeoys* exécuté par Pierre Le Ber, en janvier 1700. On ne sait où l'artiste, né à Ville-Marie en 1669, a fait son apprentissage, mais on sait qu'il a enseigné la peinture à l'Institut des frères Charon,
vers 1694. Il s'agit donc d'un maître, meilleur, faut-il croire, que d'autres qui
auraient pu œuvrer à la même époque. Si on a recours à ses services, c'est
qu'on jugeait le sujet de toute première importance.

Le portrait de mère Marguerite Bourgeoys, qui se trouve aujourd'hui
dans la chapelle commémorative du centre Marguerite-Bourgeoys à Westmount, a été fait après sa mort. C'est ce qui explique les yeux fermés, la pose
rigide, les traits tirés. Ce genre de portrait était assez courant chez les religieuses qui avaient fait vœu d'humilité. Faire faire son portrait de son vivant,
c'était, sous le Régime français, commettre un péché d'orgueil que seuls les
religieux (curés et évêques) se pardonnaient.

Comme le rapporte l'abbé Charles de Glandelet [...], le travail de Le Ber
n'alla pas sans difficulté : « Monsieur Le Ber, fils, ayant été prié de Tirer le
portrait de notre Chère Mère, un peu Après qu'elle fut morte, il vint chez-
nous à cet effet, après avoir communié pour elle dans notre Chapelle ; mais
il se trouva si incommodé du mal de tête qui lui prit qu'il lui fut impossible
de l'entreprendre. Une de nos sœurs lui donna un peu de cheveux de notre

---

1. André Malraux, *Le musée imaginaire*, Paris, NRF Gallimard, coll. « Idées/Arts », 1965, p. 23.

chère Mère défunte, qu'il mit sous sa perruque, et en même temps il se sentit si soulagé qu'il se mit à travailler, avec une facilité, que lui et ceux qui le regardaient, ne purent s'empêcher d'admirer » [2].

Si, quelques années plus tard, le portrait ne parut pas « inspiré » aux religieuses, il n'en demeure pas moins un portrait « miraculeux », puisqu'il s'agit sans doute du premier miracle, après décès, enregistré sur un document de l'époque, de celle qui sera canonisée au XXᵉ siècle.

Ce premier portrait se devait d'être authentique, ressemblant, car c'était le visage que connaissaient ses contemporaines. C'est cette tête et aucune autre que, par piété ou fidélité, elles voulaient conserver. Les témoins de la vie de Marguerite Bourgeoys venant à mourir, ne restait plus dans la communauté qu'un portrait sévère, peu accueillant. Or, une sainte ne saurait être laide, la beauté physique étant, dans la peinture édifiante, ce qu'elle est dans les contes de fées, garante de la beauté morale. Comme le portrait suscite ni l'admiration ni la dévotion, les religieuses commandent un portrait fictif qui s'accorde mieux au portrait moral qui lui, bien sûr, reste le même, puisqu'il se fonde sur des documents écrits, inaltérables, eux.

Ce portrait sera donc retouché, altéré même, par un portraitiste qui, n'ayant pas connu le personnage, propose un portrait de caractère, celui de la sainteté, ce qui, pour lui et les religieuses de la communauté d'alors, sera plus important que de conserver les traits véridiques de la fondatrice des dames de la Congrégation.

L'étonnant, c'est qu'il ait fait ce portrait sur le précédent. C'est comme s'il avait voulu maquiller la religieuse pour faciliter son entrée dans le monde, car les toiles n'étaient pas rares au point qu'on puisse soulever le prétexte de l'économie. Si on a agi ainsi, c'est délibérément pour effacer le mauvais souvenir du premier portrait et empêcher quiconque de le retrouver. Le faux, dans ce cas, devient le vrai, puisque l'unique, et le demeurera jusqu'à ce qu'un curieux mette l'authenticité du portrait en doute.

C'est ce qui se produisit en 1963. Le tableau restauré retrouve son allure primitive. Si les historiens se réjouissent de découvrir le premier portrait de Marguerite Bourgeoys, bien d'autres, qui ne partagent pas les mêmes scrupules, regrettent d'avoir perdu le second qui, lui, est à jamais effacé. Pour bien des gens plus versés dans la religion que dans les sciences, cette face taillée à la hache ne saurait être la figure d'une sainte. C'est pourquoi on n'y fera pas tellement attention en dehors de la Congrégation Notre-Dame où il a presque la valeur d'une relique, lui préférant des compositions plus vastes montrant mère Marguerite Bourgeoys soit à genoux et priant, comme sur le tableau qu'on peut voir à l'intérieur de l'église du Bonsecours, soit entourée de jeunes filles appliquées au travail, comme sur le tableau anonyme repro-

---

2. Denis Martin, *Portraits des héros de la Nouvelle-France. Images d'un culte historique*, Montréal, Hurtubise HMH, 1988, p. 60.

duit par la Société canadienne des postes, en 1970. Appartiennent également à cette dernière mise en scène un des vitraux de la basilique Notre-Dame de Montréal où on voit la religieuse à l'ombre d'une tour des messieurs de Saint-Sulpice, et *La Vénérable Mère Bourgeoys instruisant les jeunes sauvages — 1694*, de Georges Delfosse (1869-1939), qui souligne, comme tant d'autres, son rôle d'enseignante.

Voici ce qu'en dit l'abbé Élie-J. Auclair, dans la brochure que lui et l'artiste firent paraître pour expliquer les tableaux qui décorent la cathédrale de Montréal :

> Au pied de l'une des historiques tourelles et sous les arbres, la Vénérable apparaît, la figure très douce et réfléchie, la main levée, le doigt tendu, au milieu de ses petits **sauvages**. Il y en a treize, des fillettes et des garçons, dans des poses **diverses**. Quelques-uns sont debout, d'autres assis. Il y en a une [...] qui s'est endormie, son livre est par terre. Une autre se tient à demi couchée sur les genoux de la « Mère » qu'elle regarde. Deux garçons lisent dans un même livre. Un autre récite sa leçon. Son voisin a la **main** devant sa bouche comme pour « souffler ». Mais l'interrogé a la tête basse tout de même et le maintien embarrassé. Il a l'air de ne pas savoir sa leçon ! C'est une vraie salle de maison d'école qu'on croit avoir sous les yeux, bien que la classe se fasse au grand air. [...] Au loin, on aperçoit des tentes (des sauvages sans doute), la chapelle Bonsecours (1675), le fleuve et même l'île Sainte-Hélène [3].

On voit, par la description qu'on en donne, que l'important dans ce tableau, c'est le message qui sert de prétexte à une reconstitution historique. Marguerite Bourgeoys est une fondatrice d'école et d'église. C'est une femme de devoir qui travaillera jusqu'à la veille de sa mort (elle a ici soixante-quatorze ans). L'école est une bonne chose en autant qu'elle demeure sous la domination de l'Église.

Il arrive, par contre, que le sujet se prête à la caricature ou à l'anti-peinture d'histoire, comme la pratique Robert Lavaill qui a illustré le *Petit manuel d'histoire du Québec* de Léandre Bergeron.

Dans la *Pyramide rouge*, une religieuse, qui pourrait bien être mère Bourgeoys, prête son bras — un bras fort — au « lent génocide de la race rouge [4] » par l'homme blanc. On la voit, souriante, traînant derrière elle un jeune Indien qui devra subir le supplice de l'école dont le but est de faire de lui un homme blanc à la peau rouge.

Dans la peinture d'histoire traditionnelle, commanditée, on voit d'un bon œil l'œuvre assimilatrice de Marguerite Bourgeoys qui fait de tous, Blancs et Rouges, des enfants de Dieu, parlant français et suivant la messe le dimanche.

---

3. Élie-J. Auclair, *Le Canada héroïque. Tableaux de la cathédrale de Montréal peints par George Delfosse 1908-1909*, Montréal, L. Ad. Morissette, [1910], [p. 17].

4. Léandre Bergeron et Robert Lavaill, *Petit manuel d'histoire du Québec*, Saint-Laurent, Éditions québécoises, [s. d.], p. 21.

Ici le regard est plus critique, l'auteur et le caricaturiste allant jusqu'à blâmer les religieuses enseignantes d'avoir participé à ce projet missionnaire supposé civilisateur.

Le point de vue est diamétralement opposé, parce que les choses, avec le temps, ont complètement changé. Au début, c'est le commanditaire, celui qui paie, qui dicte ses conditions au portraitiste et, plus tard, au peintre d'histoire. Et ce qu'il veut, c'est tantôt un portrait ressemblant, tantôt un portrait idéalisé, édifiant, surtout si ce portrait doit être popularisé par la reproduction (images dévotes) ou rendu familier par la place qu'il occupe (un pan de mur ou un vitrail dans une église).

Puis, l'artiste se libère du pouvoir religieux et se met au service d'une idéologie laïque. Depuis le milieu du XXe siècle, cette idéologie repose sur un esprit de révolte, donc irrespectueux du passé dont il importe de montrer le ridicule, l'arbitraire, l'injustice.

Deux tendances auxquelles répondent deux catégories de portraits dont mère Marguerite Bourgeoys fait une grande partie des frais.

Cornelius Krieghoff (1815-1872):
On s'amuse, mais aux dépens de qui?

Cornelius Krieghoff, *Merrymaking / On s'amuse*, 1860, huile sur toile, 88,9 x 121,9 cm (35" x 48"), The Beaverbrook Canadian Foundation, The Beaverbrook Art Gallery, Fredericton, Nouveau-Brunswick.

Tout semble avoir été dit sur Cornelius David Krieghoff, **né à** Amster-
dam, le lendemain de la bataille de Waterloo, soit le 19 juin 1815, et mort le
8 mars 1872, à Chicago, d'une crise cardiaque. Ce qu'on évite de dire, toutefois, c'est que son œuvre est passablement dépourvue d'originalité, ce qui
était, à l'époque, une garantie de vente et ce qui en assure aujourd'hui
encore, au Canada anglais, une popularité que le Groupe des Sept est seul à
lui disputer.

Disciple de l'école de Düsseldorf, comme l'ont été quantité de ses contemporains, tant en Europe (Frederick Marinus Kruseman, 1816-1882, pour
n'en nommer qu'un) qu'aux États-Unis (Regis F. Gignoux, 1816-1882), Krieghoff fait exactement comme eux et tant d'autres artisans anonymes qui
décorent, avec un succès sans précédent, les porcelaines de presque toutes
les fabriques d'Allemagne. Ce sont les mêmes motifs (une maison de campagne isolée, l'orée d'un bois, une rivière recouverte d'une couche de glace
transparente, des habitants accompagnés de leurs enfants qui jouent ou qui
travaillent sous un ciel bleu) chers aux collectionneurs qui ne partagent en
rien l'existence que ces artistes illustrent avec minutie, multipliant, sur leurs
toiles de petit format, les couleurs gaies qui expriment le mieux les joies
inépuisables de la vie simple à la campagne. Comme chacun traduit un décor
qui lui est familier, c'est dans ce qu'elle a de local que la peinture de l'un se
distingue de celle des autres.

C'est ainsi que Krieghoff — revenons à lui — privilégie les teintes
automnales, en toute saison, et place dans ses décors tantôt un Indien, tantôt un « Canadien » pour le plus grand délice de sa clientèle anglaise à qui
appartient ce pays et ces habitants pittoresques qui font partie du décor
comme des taches vives qu'on aime retrouver sur les murs de son salon,
en ville.

Comme ceux qui «ont pris presque tout le pouvoir [et qui] ont acquis presque tout l'argent[1]» aiment qu'on justifie leur position, en les rassurant sur la simplicité d'esprit de ceux qu'ils ont conquis et plumé, Krieghoff endort leur conscience, en leur offrant des images de facture réaliste, représentant des Indiens à la pêche ou à la chasse, ou encore vendant des baies, des mocassins et des paniers tressés. Les «Canadiens», qui travaillent sur une ferme ou pratiquent un métier, comme celui de forgeron qui ne rapporte que ce qu'il faut pour survivre — ce qui les apparente au «bon sauvage», c'est-à-dire à l'autochtone qui accepte la suprématie anglaise, la folklorisation de sa culture et un *modus vivendi* qui ne lui permettra jamais de s'élever un tant soit peu du niveau de vie de l'homme primitif —, s'attirent, de la part de l'artiste, un regard tout aussi paternaliste que les Indiens qui restent chez eux, c'est-à-dire parmi les bêtes sauvages, et qui ne réclament rien.

Les autres «Canadiens», les citadins, Krieghoff les peint différemment. Chez eux rien de l'homme vivant en parfaite harmonie avec les forces de la nature; rien non plus de l'homme hautement civilisé qui dompte cette nature. C'est plutôt un grand enfant qui s'amuse au lieu de travailler, plus irréfléchi que malhonnête, catholique par tradition mais sans conviction, lubrique et ivrogne. Tous les «Canadiens» de Krieghoff, rats de ville ou rats des champs, répondent ainsi parfaitement à l'image que s'était faite Lord Durham qui avait reconnu en eux un peuple sans histoire et sans littérature, ce que confirme le voyageur Jeremy Cockloft, the Elder, dans ses *Cursory Observations* que Jean Simard cite, en le traduisant : «Leur aversion pour le travail provient d'une indolence pure, véritable et sans mélange. Donnez à un "habitant" du lait, quelques racines, du tabac, du bois pour son poêle et un bonnet rouge, il ne travaille plus : comme le sauvage qui va rarement à la chasse sans y être poussé par la faim[2].» Il ne restait qu'à dire que le «Canadien» était sans culture et sans manières. Krieghoff s'en charge.

Comme il vit de son pinceau et que ce qui rapporte, c'est la flatterie qui n'est jamais trop vile pour celui qui paie, il fait des portraits d'apparat (un portrait de Lord Melcalfe pour un salon du «Shakespeare Club» dont il est membre, puis un second de la reine Victoria qui disparaîtra dans l'incendie du Parlement à Montréal, en 1849) et des portraits bourgeois, ceux, par exemple, de la famille Williamson ou encore de John Budden, le mieux réussi de tous. Plus ces portraits seront ressemblants, plus on pourra croire que les personnages de ses tableaux de genre le sont aussi, que ce soit ses fumeurs, ses têtes d'habitants coiffées d'une tuque soit bleue, soit rouge, ou ces fêtards qui sortent, le pas hésitant, de chez Jolifou (*On s'amuse*), ou encore ces hommes qui passent la barrière de péage sans acquitter la somme requise.

---

1. Louis Hémon, *Maria Chapdelaine*, édition illustrée par A. Alexeieff, Paris, Polygone, 1927, p. 204.
2. Jean Simard, *Nouveau répertoire*, Montréal, HMH, coll. «Constantes», vol. VII, 1965, p. 233-234.

Face à pareille galerie, peut-on s'étonner que les bourgeois « canadiens » du siècle dernier ne se soient pas portés acquéreurs de ces tableaux moqueurs, irrévérencieux, mordants qu'ils abandonnent à une clientèle qui les trouve divertissants, justes, anodins?

Et encore de nos jours, ne peuvent s'en amuser que ceux qui détiennent le pouvoir ainsi que les gens d'affaires qui se font passer pour amateurs et achètent des œuvres de Krieghoff pour les mettre sur le marché, sous forme de gravures, ou les reproduire sur des assiettes, des napperons et des cartes de souhait, le langage artistique de Krieghoff étant ce qu'il y a de plus accessible, de plus commercial. Ce sont ces marchands du temple qui éloignent bon nombre de critiques de cette œuvre que souillent le mercantilisme et, faut-il le dénoncer, la mauvaise foi de ceux qui ont tout intérêt à propager cette image d'un peuple dont on refuse de reconnaître le sérieux, les mérites et la distinction [3].

---

3. Au moment où je mets la touche finale à ce manuscrit, le Musée royal de l'Ontario présente une exposition des œuvres de Krieghoff qu'il a dans sa collection et ce jusqu'au 9 juillet 1995. Les quelque vingt-cinq tableaux et gravures qui la composent se rendront, ensuite, de Toronto à Washington. On peut se demander si le moment est bien choisi de répandre cette image folklorique, caricaturale même, des Québécois au Canada anglais et aux États-Unis.

Le sens éternel de la vie
dans la peinture de Lucius R. O'Brien

Lucius Richard O'Brien, *Sunrise on the Saguenay*, 1882, grisaille sur papier, 34,3 x 49,9 cm, Musée des beaux-arts de l'Ontario, Toronto (don de la Fondation McLean, 1967).

Le paysage est le fond du tableau de la vie humaine.

Bernardin de Saint-Pierre,
préface au *Voyage à l'île de France*

Alors que les artistes, sous le régime français, n'ont jamais senti qu'ils faisaient partie du paysage canadien, les artistes de langue anglaise ont, depuis la Conquête, agi en maîtres véritables du territoire.

On peut le voir, de façon éloquente et non équivoque, l'énergie qu'ils ont mise à portraiturer le pays d'un océan à l'autre, à en prendre possession par le dessin, comme s'ils avaient voulu contredire l'opinion qui prédominait en France voulant que le Canada ne soit que « quelques arpents de neige », et à le mettre, dans toute sa splendeur, sur les murs des salons bourgeois comme un trophée dont on a raison d'être fier, peu importe comment on l'a acquis.

Si les topographes britanniques Thomas Davies, George Heriot et James Patterson Cockburn composent l'essentiel de la première génération de paysagistes, venus, comme des notaires, « inventorier » le pays après décès, et que William Bartlett, Paul Kane, Otto R. Jacobi, Cornelius Krieghoff et William Armstrong représentent plus ou moins la deuxième qui illustra ce qu'il y avait ici de merveilleux, d'exotique ou d'important pour la défense du pays ou la circulation des produits, il faudrait placer Lucius Richard O'Brien [1] (1832-1899) avec ceux de la troisième qui, au service de l'idéologie de l'expansion territoriale, avec William G. R. Hind, John Arthur Fraser et Frederick Arthur Verner en compte trop pour qu'on tente de les nommer tous.

---

1. Guy Boulizon, dans *Le paysage dans la peinture au Québec* (La Prairie, Marcel Broquet, 1984, p. 65), justifie ainsi la présence de cet artiste ontarien dans un livre portant sur les arts au Québec : « 1880, c'est une date importante à plus d'un titre. Elle est celle du premier paysage qui, au pays, connaîtra la popularité : *Lever de soleil sur le Saguenay* de Lucius O'Brien, "une des œuvres-clés de la période" comme l'écrit F.-M. Gagnon ; un tableau qui, selon les mots de Dennis Reid, "marque le début d'une ère nouvelle au Canada". On peut s'étonner que, pour la première œuvre choisie, nous ayons songé à un peintre anglophone de Toronto. Mais c'est l'histoire qui a choisi pour nous. »

On ne peut pas demander à un artiste d'être ce qu'il n'est pas, je le reconnais, mais on ne peut pas s'attendre non plus à ce que l'observateur s'emballe pour les tableaux de 1870-1879, qui manquent de sentiment, de grandeur d'âme, de goût du risque, d'émerveillement, de passion. Mais on n'a pas toujours pensé ainsi, semble-t-il, puisqu'en 1874 l'auteur de ces aquarelles est élu vice-président de la Ontario Society of Artists, poste qu'il occupera jusqu'en 1880, alors qu'il sera nommé premier président de l'Académie royale des arts du Canada dont Antoine Plamondon sera le premier vice-président. Ces honneurs, il les doit en partie à son talent supérieur à celui des artistes canadiens de sa génération, mais aussi à ses relations. N'était-il pas un peu cousin du gouverneur général Dufferin? Et quand celui-ci cédera la place au marquis de Lorne qui avait épousé, on s'en souviendra, la princesse Louise, O'Brien, fin diplomate et homme d'affaires, s'en fera un allié puissant qui favorisera sa carrière et lui procurera même des commandes.

C'est cet aspect de sa carrière, celle donc de courtisan, et non pas tant son œuvre picturale, qui a pu nuire à la réputation de l'artiste et, si on parle encore aujourd'hui de cet aspect, c'est qu'on se méfie toujours du pouvoir qui dicte ses volontés et impose ses goûts. Fort heureusement pour l'histoire de l'art, cependant, bien des mécènes ont un sens assez juste de la beauté et savent reconnaître et encourager le talent des moins fortunés qu'eux. Ce fut le cas du marquis de Lorne qui, entre autres réalisations, fit de la ville de Québec un monument national, digne des pinceaux des plus grands artistes de l'époque, au nombre desquels figure O'Brien qui lui doit, si je ne m'abuse, son initiation à l'œuvre du peintre luministe américain Albert Bierstadt (1830-1902).

Lucius O'Brien a-t-il rencontré Bierstadt, alors qu'il était l'invité du gouverneur général, en 1879, ou n'a-t-il connu de lui que quelques-unes de ses toiles? Il a certainement vu *Coucher de soleil sur la vallée Sacramento* qui date de 1878, don de l'artiste à la Art Association of Montreal, et peut-être même *Lever de soleil sur la vallée Yosemite* qui lui aurait inspiré le titre de son tableau le plus célèbre, son «morceau de réception» à l'Académie, *Lever de soleil sur le Saguenay* (1880), déposé cette même année à ce qui deviendra le Musée des beaux-arts du Canada et qu'on retrouve, depuis, souventes fois reproduit. Mais plus qu'un titre, c'est une façon toute nouvelle pour lui de voir la nature que lui enseigne Bierstadt, qui lui donne aussi le goût prononcé pour les grands formats.

À partir de 1879, date de son retour au Québec, l'artiste aurait pu dire, à l'instar de Turner: «La Nature? Je ne l'imite pas, je l'améliore[2]!» Et on aurait envie de dire comme lui. Dans une toile comme *Cap Nord, Grand-Manan* (1879), O'Brien ne recherche plus vraiment, comme cela semblait être le cas dans la période précédente et dans certaines aquarelles de la

---

2. J. M. W. Turner, cité par G. Boulizon, qui le traduit dans *Le paysage dans la peinture au Québec, op. cit.*, p. 44.

même époque telles que *Les remparts à Québec*, à établir une équation parfaite entre le paysage qu'il voit et celui qu'il montre. Ses paysages « qui ne touche[nt] pas seulement par les sensations plus ou moins agréables qu'il[s] procure[nt], mais surtout par les idées qu'il[s] éveille[nt][3] », pour reprendre ce qu'Auguste Rodin disait sur le même sujet dans *L'art*, sont des états d'âme ou plutôt correspondent aux sentiments de l'artiste devant la nature séduisante qui l'invite à la peindre.

Ce qui dépayse dans les aquarelles et les huiles de Lucius O'Brien, c'est, bien sûr, la lenteur que présuppose le détail de l'exécution, mais aussi la lenteur du temps qui passe, du temps que l'on prend pour regarder chaque chose comme si on devait accorder à chacune la même importance. Ces tableaux sont, à la vérité, des reconstructions, en réduction, de paysages qui doivent à Dieu leur splendeur, à l'homme leur tragique, à l'artiste d'être éternisés à leur heure la plus belle, celle qui, entre toutes, valait d'être conservée avec amour. Car, il n'en faut pas douter, ce qui précède l'exécution de chaque œuvre maîtresse, c'est l'amour qui l'a inspirée, j'allais dire le coup de foudre, tant le sentiment est intense et durable malgré tout puisqu'il perdure jusqu'à nous qui communions avec l'artiste et le pays tel qu'il le présente, sans faute, sans tache, dans sa perfection pleine. Un paradis terrestre, pourrait-on croire, et c'en est un d'où l'homme n'est point exclu, donc plus généreux que l'autre, mieux connu, où il a suffi d'une transgression pour en chasser les premiers locataires et tous leurs descendants.

Nombre de ces tableaux seront popularisés par la gravure, puisque, en 1880, O'Brien se voit confier l'illustration de *Picturesque Canada*, entreprise ambitieuse des frères Belden de Chicago qui avaient remporté, quelques années plus tôt, un vif succès avec leur *Picturesque America*. Des deux cent cinquante gravures sur bois de bout qui ornent l'ouvrage, quatre-vingt-quinze sont de la main d'O'Brien.

Durant les trois années qui suivent, O'Brien, muni d'une passe de chemin de fer, sillonne le pays d'un océan à l'autre. Comme ses voyages sont payés, il croit bon de choisir entre autres sujets les monts et les cols qui portent le nom des hommes d'affaires qui avaient fait progresser la voie ferrée du Canadien Pacifique, dans l'espoir sans doute de les leur vendre, à son retour.

L'impression que donnent les œuvres de cette brève période, c'est que, quoi qu'on dise, il n'y a plus véritablement eu de grands espaces en Amérique du Nord à partir du moment où l'on a pu les parcourir. Rendu accessible à tous, le pays perd de son merveilleux. Ne reste plus, dans ces conditions, que le pittoresque, et même les plus hautes montagnes ne suffisent plus à inspirer l'artiste qui se remet à copier la nature, comme durant ses premières années.

---

3. Auguste Rodin, *L'art*, entretiens réunis par Paul Gsell, Paris, NRF Gallimard, coll. « Idées/Arts », 1967, p. 138.

Lucius O'Brien croyait, malgré tout, avoir découvert le Canada, comme Christophe Colomb, l'Amérique. Sa découverte était moins grande qu'il se l'imaginait, la route vers l'Ouest ayant été tracée et ouverte bien avant qu'il n'y mette les pieds, par des explorateurs d'abord, puis par les artistes qui les ont suivis pour rapporter de leurs voyages, qui étaient encore une aventure, des images propres à faire rêver ceux pour qui l'exotisme est un choix de lecture. Mais ce qu'il apporte de nouveau, c'est le point de vue du touriste qui revient de son voyage tout confort avec, dans ses bagages, des vues impressionnantes, mais jamais terrifiantes, des sites qu'il a visités, accessibles à tous ceux qui peuvent se payer un billet de train. Ces tableaux, clairs et précis jusque dans les moindres détails, sont pratiquement des posters avant la lettre, et c'est ainsi qu'il les voyait, puisqu'il en vante la valeur publicitaire auprès des citadins pour qui le bonheur, c'est une promenade dans un jardin inconnu d'eux. Paysages donc qui donnent le goût de voyager, mais aussi celui de les collectionner, car ce sont des paysages que l'on s'approprie pour se faire un pays ou du moins une idée du pays, qui peuvent alors décorer un salon victorien.

C'est au Québec, en Acadie et aux États-Unis qu'O'Brien retrouve l'inspiration qui nous a donné ses premiers chefs-d'œuvre. Parfois même réussit-il à se renouveler, en éliminant de ses toiles les détails plus encombrants qu'utiles, pour ne plus retenir que la luminosité d'un coucher de soleil sur les nuages, la fumée et puis la rivière, comme dans l'étonnant *Remorquage des barges sur l'Hudson* (1895), tout proche de la manière, mais en plus timide, de James Wilson Morrice, ce qui indique qu'il aurait pu être sensible aux recherches des impressionnistes.

Bien souvent, au XIXe siècle, l'artiste qui peint un paysage le choisit parce qu'il le soupçonne en voie de transition, menacé donc puisque, de sauvage qu'il était, ce coin du pays devient familier, en un premier temps à l'artiste puis, par le tableau qu'il en fait, à plusieurs dont il attire l'attention sur ce qu'il trouve beau, donc digne d'être préservé, mais aussi comme valant la peine d'être vu. Un paysage que plusieurs visitent cesse bientôt d'être sauvage. Un paysagiste accélère donc le processus de destruction de ce qu'il a voulu conserver, en faisant d'un site pittoresque inconnu un lieu touristique (les chutes Niagara, l'île d'Orléans, l'embouchure du Saguenay…). Mais il le conserve aussi sous une autre forme, celle de l'art qui idéalise la réalité pour la rendre plus belle encore que ce qu'il reproduit, comme s'il n'y avait de réellement beau que ce qui a été raconté, donc embelli ou maquillé par l'artiste, qu'il soit poète, romancier ou peintre.

Devant *Lever de soleil sur le Saguenay*, par exemple, ce ne sont pas mes souvenirs personnels qui me reviennent à la mémoire, mais deux vers que je croyais avoir oubliés : « Ce matin un brouillard plus léger s'insinue / Qui, montant de la mer, voile à peine la nue [4]. » Emporté par la poésie, je cède

---

4. Gonzalve Desaulniers, « Vita et mors », *Les bois qui chantent*, Montréal, Beauchemin, 1930, p. 39-41.

volontiers au charme de ce tableau admirable et laisse, comme le disait si bien Gonzalve Desaulniers, «ma pensée errer, libre et ravie, / Et je goûte le sens éternel de la vie». S'il en est ainsi, c'est peut-être que la nature, dans les œuvres de Lucius R. O'Brien, n'est pas tant riante que poétique. Leur potentiel de rêve est de moitié dans l'attrait que ces œuvres exercent sur nous, même si nous avons cessé de croire que le paradis terrestre est un jardin, et que ce jardin se trouve tout près d'une gare ferroviaire[5]...

---

5. Une première version de ce chapitre a déjà paru dans *Vie des arts*, vol. XXXVI, n° 143, juin 1991, p. 52-55.

Antoine Plamondon (1804-1895) :
les derniers soubresauts du gallicanisme

Les maîtres à penser d'Antoine Plamondon furent le frère Louis Bonami et l'abbé Louis-Joseph Desjardins, qu'il rencontra avant de faire son apprentissage chez Joseph Légaré, en 1819. Le dernier récollet au Canada et le prêtre émigré, tous deux victimes de la Révolution — l'un des républicains qui avaient dissout son ordre, l'autre de Napoléon qui avait fait mettre son frère, l'abbé Philippe Desjardins, vicaire général à Paris, en prison de 1810 à 1815 —, défendaient avec l'ardeur et la passion des persécutés l'idéologie de la contre-révolution. Ils firent du jeune homme un royaliste inconditionnel qui, nourri de leur enseignement, associa étroitement la monarchie française légitimiste à la vraie religion, tout autre régime devenant suspect à partir du moment où, en renversant le pouvoir, il pouvait aussi changer du tout au tout la position du clergé qui appuyait ce même pouvoir, comme l'avait trop bien démontré le passé récent.

Joseph Légaré n'aura pas sur Plamondon, semble-t-il, le même ascendant que le frère Bonami, le bien nommé, et les abbés Desjardins. C'est que l'esprit du peintre se tourne davantage vers l'histoire canadienne et les conflits à résoudre entre autochtones et Européens, puis entre Français et Anglais, alors que son apprenti rêve de monarchie absolue dans un pays lointain où tous les hommes sont d'une même race et prient le même Dieu dans la même langue.

Ce rêve se réalise en partie en 1826, soit un an après qu'il eut quitté l'atelier de Légaré, alors que Plamondon, grâce à la générosité du grand vicaire Descheneaux, s'embarque pour la France, où il devient, probablement recommandé par l'abbé Desjardins, l'élève de Jean-Baptiste Paulin Guérin (1783-1855). Sans cette recommandation ou une autre ayant le même poids, comment l'élève d'un peintre autodidacte canadien aurait-il pu entrer dans un atelier aussi à la mode ? Ce dut être, en effet, à une époque où les artistes vivaient de commandes, un honneur et un privilège que de se faire connaître, avant de se lancer dans la carrière, en suivant les leçons du peintre officiel de Charles X. Toujours est-il que Plamondon, qui associa dès lors son sort à celui de son nouveau maître, se sentit obligé de quitter la France le lendemain des insurrections de 1830, sûr sans doute qu'il perdait, en lui, un appui qu'il n'était pas du tout certain de retrouver sous le règne de Louis-Philippe.

Tout n'est cependant pas entièrement perdu puisque, de retour à Québec, au mois d'août, il peut en toute honnêteté se réclamer, comme il l'a fait, « élève de l'École française », son maître ayant été disciple de Jacques-Louis David (1748-1825). Personne à Québec ne pouvant dire mieux, son avenir paraissait assuré et le fut tant qu'il put se défendre contre tout nouveau concurrent se présentant dans la ville de Québec. Les difficultés lui vinrent d'ailleurs.

Professeur de dessin au Séminaire et à l'Hôpital général, Plamondon voulut étendre son fief. C'est dans cette intention qu'il se rendit à Montréal, au tout début de l'été 1836, comme l'atteste une annonce qu'il fit paraître dans *La Minerve* du 27 juin, dans le but exprès de « faire tous les ouvrages de PEINTURE qu'on voudra bien lui commander, tels que portraits, tableaux d'église, tableaux de genre, de fantaisie, etc.[1] ». Il y passera toute la saison avant de se mériter la confiance du supérieur de la communauté de Saint-Sulpice à Montréal, M. Joseph-Vincent Quiblier (1796-1852), qui finit par lui commander les quatorze tableaux du chemin de croix de l'église Notre-Dame.

Plamondon mit trois ans à exécuter cette commande, s'inspirant librement de gravures faites à partir de tableaux, pour la plupart d'artistes français, et plus rarement de copies à l'huile comme celle de *La déposition de croix* conservée à l'église de l'Annonciation d'Oka, copie anonyme d'un tableau de l'artiste français, Jean Jouvenet, peint en 1708. C'est ce tableau qui illustrait autrefois la dernière station du calvaire d'Oka[2] avant d'être remplacé par un relief en bois polychrome de François Guernon dit Bellerive qui se trouve aujourd'hui au Musée des beaux-arts du Canada, après avoir été défiguré par des vandales. On peut voir, en comparant les deux compositions, celle de Plamondon et celle de Guernon, ce que les copistes devaient à l'« original » et ce qu'ils y apportaient de personnel. Plamondon, par exemple, situe la scène au cœur d'un paysage rocheux, peut-être pour rappeler la montagne d'Oka.

L'excellence de cette composition, la beauté des couleurs, la maîtrise de l'artiste, tout justifie qu'on ait, à Québec, unanimement bien reçu le chemin de croix de Plamondon qui, peu après, sema la discorde à Montréal où l'on jugea que huit stations empruntaient la mauvaise sente, celle d'un pèlerinage spirituel qui devait tout son parcours aux récits des quatre Évangiles alors

---

1. Antoine Plamondon, cité par Yves Lacasse dans *Antoine Plamondon : Le chemin de croix de l'église Notre-Dame de Montréal*, Montréal, Musée des beaux-arts de Montréal, 1983, p. 27.
2. Pour plus de détails, lire John R. Porter et Jean Trudel, *Le calvaire d'Oka*, Ottawa, Galerie nationale du Canada, 1974, XVI-127 p.

qu'il fallait plutôt suivre les ordonnances papales du XVIIIe siècle. C'était la catastrophe.

Les sulpiciens, devant remettre la pomme soit au pape soit aux Évangélistes, n'hésitèrent pas une seconde. Choisissant de se soumettre à la loi du plus fort, ils remirent à Rome un fruit que les Écritures défendaient mal et demandèrent au peintre de satisfaire à des exigences qu'ils lui faisaient connaître, il faut bien le dire, trois ans trop tard. Aussi s'attirèrent-ils de Plamondon, le 16 décembre 1839, le plus catégorique des refus :

> Monsieur, je suis bien fâché de vous le dire, mais je ne pourrai jamais me déterminer à vous faire un chemin de la croix tel que celui que vous me demandez. Parce que tous les chemins de la Croix que j'ai vus, tant à Montréal qu'à Québec, ainsi que ceux que j'ai fait venir moi-même de France, ce sont tous dis-je des compositions ridicules tant par rapport à la disposition des personnages qu'au dessin et à l'expression des figures. [...]
>
> Je prendrai encore la liberté de vous dire que votre église regrettera la perte de cette collection qui n'est composée que de sujets historiques et de la plus grande piété.
>
> De très mauvais peintres, copiant de très mauvaises gravures, ne pourront vous faire que de très mauvais tableaux de chemin de la Croix [3].

Le tort de Plamondon dans cette affaire, c'est de s'être trop attaché aux Écritures, comme quoi un simple laïc vivant dans un pays sans importance aurait mieux fait de ne pas se montrer plus catholique que le pape — qui a toujours le dernier mot, puisqu'il est le seul à pouvoir imposer le silence.

Les sulpiciens, qui avaient confié l'architecture de leur église à un Américain, James O'Donnell (1774-1830), et la décoration intérieure à un Français, Henri Bouriché (1826-1906), commandèrent leur chemin de croix à un Italien, Giovanni Silvagni (1790-1853), professeur titulaire de peinture et vice-président de l'académie Saint-Luc.

Plamondon, qui craignait tous les changements, qui était conservateur en politique comme en religion, sentit qu'en remplaçant, à Montréal, une église de style français par une autre dans un style tout nouveau pour le pays, les sulpiciens portaient un dur coup à la tradition. Que tous ceux qui avaient pris part à son édification et à sa décoration aient été des étrangers était aussi significatif du tournant que prenait l'histoire. Que le chemin de croix vienne d'Italie plutôt que d'être d'inspiration française indiquait une fois de plus qu'il soufflait sur le Bas-Canada, qui allait sous peu devenir le Québec, un vent nouveau qui allait tout bouleverser. Il s'en inquiéta et dit tout haut son inquiétude dans un article paru le 23 février 1850 dans le *Journal de Québec*, peu avant qu'il se retire définitivement à Neuville, article qui tient lieu, à ma connaissance, de premier manifeste artistique au Canada français.

---

3. Antoine Plamondon, cité dans *Antoine Plamondon : Le chemin de croix de l'église Notre-Dame de Montréal, op. cit.*, p. 80, 82.

Il y expose clairement l'idée qu'il se faisait de son art et dit tout aussi explicitement ce qu'il pense des amateurs parmi lesquels il devait certainement compter les sulpiciens dont il n'avait toujours pas digéré la conduite à son égard : « Il y a des bons et des mauvais tableaux. Il y a des mauvais tableaux parce qu'il y a des mauvais peintres, et il y a des mauvais peintres parce qu'il y a des *acheteurs* de mauvais tableaux[4]. » Ce devait être la première fois qu'un artiste se prononçait ouvertement sur les arts et tenait tête à ses patrons éventuels, en leur disant leurs quatre vérités et en déclarant la supériorité de l'art sur ceux qui le subventionnent.

Malgré ses hauts cris, l'heure de Plamondon avait sonné, celle aussi du gallicanisme et celle également de la ville de Québec, supplantée comme ville des arts par Montréal, qui devenait la métropole du pays. La France révolutionnaire, qui avait inspiré la Rébellion de 1837, perd de son prestige au profit de Rome et de l'Italie ; l'ultramontanisme remplace le gallicanisme et, l'ayant pressenti, Plamondon avait recommandé à son élève, Théophile Hamel, de suivre les cours de l'académie Saint-Luc, celle-là même où professait l'auteur du chemin de croix pendu aux murs de Notre-Dame, depuis 1847.

Qu'on soit d'accord ou non, en partie ou en entier, avec Plamondon, réactionnaire par certains côtés, révolutionnaire par d'autres, est sans importance. Ce qui importe, c'est le courage de l'artiste qui a bravé le ridicule pour s'affirmer. Aucun artiste au Canada français ne l'avait fait avant lui. C'est ainsi que ce texte ouvre la porte aux manifestes du XXe siècle qui naîtront tous de l'irritation et parfois même de la colère d'artistes conscients de leur génie et de la valeur de leur œuvre qui, selon eux, durera plus longtemps que ceux qui la leur commandent. On pense à la boutade du Bernin sûr que son roi durerait plus longtemps que l'original.

---

4. Antoine Plamondon, cité par R. H. Hubbard dans *Two Painters of Quebec / Deux peintres de Québec : Antoine Plamondon 1802-1895. Théophile Hamel 1817-1870*, Ottawa, Galerie nationale du Canada, 1970, p. 48.

Charles Huot (1855-1930)
et le Palais législatif

Charles Huot, *Je me souviens*, 1914-1920, huile sur toile
marouflée sur le plafond de la salle de l'Assemblée, Assemblée
nationale. (Photographie Louise Leblanc)

[…] chaque élément d'art renvoie à l'ensemble
d'une civilisation.

Olivier Revault D'Allonnes,
La création artistique et les promesses de la liberté

Le premier tableau connu de Charles Huot, l'*Asile des aliénés de Beauport*,
daté du 2 décembre 1873, jour sans doute de sa finition, le complexe hospi-
talier étant situé dans un décor estival avancé, est une œuvre que lui avait
commandée le chevalier Clément Vincelette, notaire et surintendant de
l'asile.

Son dernier tableau, *Séance du Conseil*, orne toujours le « Salon rouge »
où délibèrent aujourd'hui les commissions parlementaires québécoises.
Deux œuvres de commandes. Deux institutions, l'une vue de l'extérieur,
l'autre embellie de l'intérieur. Ici s'arrêtent les rapprochements qui donnent
une certaine unité à la carrière de cet artiste, boudé par les collectionneurs,
qui a pourtant parfaitement bien saisi la mentalité d'une nation schizo-
phrène, partagée entre nationalisme pan-canadien et nationalisme québécois, à des moments où elle prend conscience d'elle-même.

Les travaux de construction du Palais législatif terminés en 1886, on
attendit quinze ans avant de faire appel aux artistes pour procéder à sa décoration intérieure :

AUX ARTISTES. Le gouvernement de la province de Québec vient de déci-
der d'ouvrir un concours, entre nos peintres, pour un tableau historique qui
devra orner la salle des délibérations de l'Assemblée législative. Le montant
alloué au paiement de cette toile, de 25 pieds x 12 sera, dit-on, de 2 000 $.
[…] On nous assure que le nombre des concurrents sera considérable et
que MM. Joseph Saint-Charles, Henri Beau, Franchère, Dyonnet et Suzor-
Côté sont déjà à l'ouvrage [1].

Cet appel est une première à plus d'un titre. C'est, à ma connaissance, le
premier concours « ouvert » pour réaliser, au Québec, un projet de décoration profane.

---

1. Texte cité par Robert Derome dans *Charles Huot et la peinture d'histoire au Palais législatif*,
   Ottawa, Galerie nationale du Canada, bulletin n° 27, 1976, p. 44.

C'est aussi la première fois qu'on met tant de soins à la décoration extérieure et intérieure d'un édifice public. C'est sans doute qu'on a, enfin, quelque chose de vraiment original à dire, qui vienne de soi et non plus de l'étranger comme cela avait été le cas pour Louisbourg ou le Château Saint-Louis.

S'il y a, dans toute la province, un édifice qui doit parler au nom des Québécois, c'est bien le Palais législatif. L'édifice, appelé à recevoir les plus grands orateurs de l'époque ainsi que ceux à venir, se doit d'être aussi éloquent qu'eux. Il l'est. Avec sa tour centrale dédiée à Jacques Cartier et ses avant-corps dédiés l'un à Champlain, l'autre à Maisonneuve, l'architecture hautement symbolique d'Eugène-Étienne Taché, qui emprunte son vocabulaire à la tradition française, illustre à merveille la devise « Je me souviens », devenue officielle à partir du 9 février 1883, alors qu'elle accompagne la signature du contrat portant sur l'érection du Palais. Nationaliste de la première à la dernière pierre, le Palais législatif réfute l'injure lancée par Durham voulant que ce peuple soit sans histoire. François-Xavier Garneau avait répondu le premier avec son *Histoire du Canada*, mais ce livre, surtout à l'époque, n'était pas à la portée de tous. Le Palais législatif de Québec devient la chair de ce Verbe qui dit à tous les Québécois, bien avant Louis Hémon, qu'ils « sont d'une race qui ne sait pas mourir ». L'intérieur ne devait pas démentir ou délayer un message aussi catégorique.

Charles Huot, ancien élève de l'École des beaux-arts de Paris et disciple d'Alexandre Cabanel (1823-1889), obtient le contrat chèrement disputé par ses aînés et ses contemporains, dont certains plus célèbres que lui puisque le journaliste, dont j'ai cité l'article tantôt, les nomme et ignore Huot qui, un an plus tôt, avait pourtant exposé, à Québec, sa version dynamique de la *Bataille des plaines d'Abraham* dans le vain espoir, semble-t-il, d'attirer sur lui l'attention du public.

Pour le « Salon vert », où se tiennent les débats de l'Assemblée législative rebaptisée Assemblée nationale en 1968, alors que les Québécois considèrent qu'ils forment une nation, Huot choisit d'illustrer *Le débat sur les langues : séance de l'Assemblée législative du Bas-Canada, le 21 janvier 1793*.

Rappelons que le 20 janvier 1793 Jean-Antoine Panet avait été élu Orateur de la Chambre. Lors de la deuxième séance, le 21 janvier 1793, soit le jour même où Louis XVI montait sur l'échafaud, le comité chargé de préparer les règlements, propose ce qui suit au sujet de la langue :

> Il est résolu que cette Chambre tiendra son journal en deux registres, dans l'un desquels les procédés de la Chambre et les motions seront écrits en langue française avec la traduction des motions originairement faites en langue anglaise ; et dans l'autre seront entrés les procédés de la Chambre et les motions en langue anglaise, avec la traduction des motions originairement faites en langue française [2].

2. *Journal of the House of Assembly, Lower-Canada*, Québec, John Nelson éditeur, 1793, p. 139.

Cela ne faisant pas l'affaire des députés de langue anglaise, John Richardson proposa, en leur nom, l'amendement suivant : « [...] quoique le journal soit ainsi en anglais et en français, et tout Bill qui peut être introduit, ou Lois qui peuvent être statuées, seront traduits d'une langue à l'autre, [...] afin de préserver cette unité de langue légale indispensablement nécessaire dans l'Empire, [...] l'anglais sera considéré le texte légal [3]. » Le français, langue seconde au Bas-Canada ? Jamais. On se lève, on renverse des chaises, on se vide le cœur. C'est ce moment dramatique que retient Huot.

Commencé en 1910, ce tableau est inauguré le 11 novembre 1913. C'est un triomphe tant au Québec qu'à l'étranger. C. W. Jefferys, qui rêve sans doute d'un aussi bon contrat pour lui-même à Toronto ou à Ottawa, dira de ce tableau et des deux autres qui suivront :

> These are the most important works of their kind in the country, and represent the most ambitious project for the decoration of a public building which Canada has undertaken [...]. The details of architecture, costume and furnishings have been studied with care, and the picture is an accurate historical record as well as an admirable decoration [4].

Beaucoup plus tard, soit en 1963, R. H. Hubbard entérinera le jugement de Jefferys : « Huot gave his picture a dignified setting, colourful costumes, and an elaborate concentric composition — features which made Harris' *Fathers of Confederation* seem plain and stodgy by comparison [5]. »

Le succès est tel à Québec, que Huot obtient aussitôt un second contrat, celui de la décoration du plafond de la Chambre d'Assemblée. Il mettra six ans à terminer cette œuvre qui illustre la devise du Québec. *Je me souviens* met en scène une Apothéose qui glorifie et immortalise les grands hommes du passé et de l'heure, tout en promettant aux héros de demain le même honneur que leurs devanciers. On y voit l'Apothéose couronnant les immortels qui montent vers elle, par ordre chronologique, de Jacques Cartier à Wilfrid Laurier, en passant par Champlain, Laval et Montcalm, sans oublier les Papineau, Baldwin, Lafontaine, McDonald, G.-É. Cartier et F.-X. Garneau. Tout à fait à gauche, en bas, Eugène-Étienne Taché, l'ami de Huot, tient les plans du Palais législatif dont il est l'architecte.

Détail très fin : en ne posant la couronne de laurier sur aucune tête, cette couronne sied à toutes les têtes. Et en plaçant l'Apothéose au centre du tableau, l'artiste place aussi la couronne en son centre et, par le fait même au centre de l'Assemblée législative. Ainsi, ce n'est pas seulement les hommes célèbres portraiturés qui se trouvent couronnés, mais aussi les ministres et les députés qui siègent en Chambre et qui, par leur travail,

---

3. *Ibid.*, p. 143.
4. C. W. Jefferys et T. W. McLean, *The Picturesque Gallery of Canadian History*, vol. I, Toronto, Ryerson Press, 1942, p. 190.
5. R. H. Hubbard, *The Development of Canadian Art*, Ottawa, National Gallery of Canada [1963], p. 74.

servent l'État. « Je me souviens », leur dit l'Apothéose et c'est cet espoir de récompense — faveurs ici-bas et gloire posthume — qui va motiver les « patriotes » qui peuvent se joindre aux autres puisque, Laurier qui ferme la marche n'étant pas entièrement dans le tableau, la porte reste nécessairement ouverte. Si Laurier, si Papineau font partie du cortège, pourquoi pas eux ? Très habile. Flatteur aussi. On comprend dès lors le succès d'un pareil tableau que l'on peut voir tous les jours de son fauteuil et qui fait rêver.

Si, maintenant, nous tenons compte des deux tableaux qui se trouvent dans le « Salon vert », nous constatons que le second est la conséquence du premier qui devient alors la condition *sine qua non* de la renommée. Dorénavant, ne participeront à l'apothéose promise que ceux qui auront défendu la langue française, sujet du premier débat parlementaire au Québec, sujet toujours brûlant et toujours présent sous les yeux des députés qui voient le tableau au-dessus de l'Orateur et, un peu plus haut, l'Apothéose qui les salue et les aiguillonne de sa couronne de laurier. Il n'y a pas à en démordre, quiconque ne défendra pas les droits de la nation française ne s'élèvera jamais au-dessus de l'infamie et sera éternellement condamné à rester collé au plancher des vaches.

En 1926, Huot obtient son dernier contrat, cette fois-ci pour la décoration du « Salon rouge ». Il s'agissait de remplacer le tableau de Henri Beau, l'*Arrivée de Champlain à Québec*, qui avait cessé de plaire. Huot choisit de reconstituer une *Séance du Conseil souverain*, réunissant le gouverneur Mésy, J. B. Peuvrat du Mesau et François de Montmorency-Laval, avec ses conseillers.

La critique a été sévère sur ce tableau, et pourtant, qu'on se rappelle l'ampleur et l'importance des démêlés entre Mgr de Laval et le gouverneur Mésy et on verra comme Huot a réussi à représenter admirablement les tensions entre le pouvoir religieux et le pouvoir civil. C'est une œuvre extraordinaire, car elle met sous les yeux des membres du Conseil un autre sujet de discorde — le premier étant le *Débat sur les langues* —, et c'est là que se trouve tout le dynamisme de ce tableau où les cordes sont infiniment tendues alors qu'elles paraissent au repos. N'est-ce pas une façon intéressante et à peine voilée de dire aux membres du Conseil de faire attention à l'ingérance de l'Église dans les affaires de l'État, prise de position risquée en ces années qui marquent l'apogée de l'ultramontanisme au Québec ?

Comme on peut voir, le génie de Huot réside dans le choix original de ses sujets qui ont un rapport direct avec le pouvoir civil au Québec qu'il sert avant tout, ses tableaux religieux, ceux de l'église Saint-Sauveur (Québec), de l'église Saint-Patrice (Rivière-du-Loup) et de la chapelle de l'Ermitage (Lac-Bouchette) étant académiques, c'est-à-dire manquant d'inspiration quoique exécutés avec tout autant de virtuosité que ses peintures d'histoire profane où les prêtres sont perdus dans la foule, comme c'est le cas dans son *Apothéose*, ou écrasés comme Mgr de Laval dont la tête, dans la *Séance du Conseil*, arrive à peine aux épaules des deux représentants du pouvoir civil.

Louis-Philippe Hébert (1850-1917) :
art sacré et art national

Louis-Philippe Hébert, *Monument de Mgr Bourget, 1903, bronze, parterre de la cathédrale de Montréal.*

À quoi sert la sculpture monumentale ? Comme il s'agit toujours de projets ambitieux, ce sont ces ambitions qu'il s'agit de découvrir. Dans le cas qui nous intéresse, l'œuvre de Louis-Philippe Hébert, cela revient à parler des pouvoirs en place de 1880 à 1930. L'Église d'abord, puisque c'est elle qui veille à la formation de l'apprenti et lui offre ses premiers contrats quand il devient maître sculpteur, et l'État ensuite, qui lui assure une formation solide en payant ses études en France.

Né de parents pauvres, dans une cabane de bois, Louis-Philippe Hébert saute sur la première occasion qui lui permet d'échapper à sa condition. À dix-neuf ans, il se fait zouave et, le 28 septembre 1869, part avec près d'une centaine d'autres Québécois défendre les États pontificaux qui, un an plus tard, soit le 20 septembre 1870, tombent aux mains de Victor-Emmanuel II, qui, avec l'aide de Garibaldi, réussit à unifier l'Italie.

Le séjour à Rome où il rencontre Mgr Bourget, épisode qu'il rappellera en 1903 sur une plaque de bronze ornant le piédestal du monument de l'évêque qui occupe l'angle nord-ouest du parterre de la cathédrale de Montréal, lui fait découvrir le vocabulaire de la pompe officielle, religieuse ou civile, qui donne son éloquence aux monuments qu'il a semés à Québec, à Montréal et à Ottawa.

N'ayant plus de raison ni les moyens de rester davantage à Rome, il revient en Amérique. Si son départ, un an plus tôt, avait été inspiré, son retour tient du miracle.

Dans la nuit du 22 au 23 septembre, écrit-il avec une précision rare chez quelqu'un qui n'a fait que quelques années d'études, la mer nous causa de sérieuses avaries : le pont d'avant fut défoncé, les membrures tordues, les sabords arrachés et l'écoutille de service arrachée par un paquet de mer. L'entrepont où nous étions fut inondé au milieu d'un fracas épouvantable ; je crus ma dernière heure venue. Une ancre, que l'eau avait entraînée en tombant, mit notre escalier en pièces, puis obéissant aux impulsions du roulis, se promenait dangereusement de tribord à bâbord menaçant de tout détruire. Après plusieurs tentatives rendues plus difficiles encore par l'obscurité et les flots envahisseurs, elle fut saisie et solidement liée à une colonne. À ce moment, un de nos camarades éleva la voix pour promettre un *ex-voto* à Notre-Dame-de-Bonsecours, patronne des marins. Impossible de se reposer; nous étions obligés de nous cramponner pour ne pas être projetés hors de nos lits. Nous étions horriblement secoués; à chaque mouvement de tangage, les vagues passaient sur nous. La nuit fut longue, mais le jour dissipa nos angoisses et avec lui ramena l'espérance [1].

Une miniature du vapeur *Idaho* — c'était le nom du bateau — rappelle, dans la nef de l'église Notre-Dame-de-Bonsecours, l'événement que souligne une seconde fois, à Montréal, une réplique de cet *ex-voto* dans la chapelle des reliques de la cathédrale.

Trois années s'écoulent avant qu'Hébert ne soit découvert par Napoléon Bourassa qui le fait entrer dans son atelier, en 1873. Comme son maître qui désirait « établir [au Québec] l'art sur cette double base du culte religieux et du culte national qui en font le miroir et l'écho de toutes les grandes choses et de tous les nobles sentiments d'une nation [2] », Hébert sera un artiste engagé :

> Je me voyais plus tard dans la lutte, arrivé au succès, avec un atelier plein de statues historiques, statues de grands hommes de notre histoire, auxquels notre pays donnait l'apothéose du piédestal, dit-il, en rappelant ses années d'apprentissage. Je les sculptai en pensée d'une matière impérissable et lumineuse, les voyant grands comme les grands jours de leur temps. Je vivais en leur compagnie dans un accord parfait. Le soir, je les écoutais dans les livres où leur pensée, leur vie cristallisée éclairent ceux qui les consultent [3].

Mais avant d'illustrer l'histoire du Canada racontée une première fois par F.-X. Garneau, puis revue et enrichie par Benjamin Sulte, ami du sculpteur qui prêtera les traits de l'historien à Maisonneuve, Hébert met ses talents au service de l'Église qui, grâce à l'importance grandissante d'une bourgeoisie francophone, dispose de fonds imposants qu'elle utilise à des fins de propagande, comme si elle essayait de compenser, en dehors de Rome, la perte des États pontificaux subie par le pape, en montrant qu'elle n'avait pas tout perdu et qu'il lui restait encore beaucoup plus que l'honneur. C'est dans cet esprit que l'Église triomphale poursuit son mécénat auprès d'artistes comme Hébert qu'elle embauche pour décorer ses temples.

Ses premières réalisations seront des sculptures sur bois, celles de la Vierge et de sainte Bernadette pour la chapelle Notre-Dame-de-Lourdes

---

1. Louis-Philippe Hébert, cité par Bruno Hébert dans *Philippe Hébert, sculpteur*, Montréal, Fides, coll. « Vies canadiennes », 1973, p. 39-40.
2. Napoléon Bourassa, cité par Anne Bourassa dans *Un artiste canadien-français, Napoléon Bourassa*, Montréal, Pierre Desmarais, 1968, p. 32.
3. Louis-Philippe Hébert, cité dans *Philippe Hébert, sculpteur, op. cit.*, p. 49.

(Montréal), puis, entre les années 1879 et 1887, une vingtaine de bas-reliefs et une soixantaine de statues, commandés par l'abbé Bouillon, curé de la cathédrale d'Ottawa, devant donner à ses paroissiens et à tout le diocèse une image édifiante des splendeurs du paradis, et, enfin, à partir de 1883, la chaire de Notre-Dame de Montréal d'après les dessins du Français Henri Bouriché (1826-1906), comprenant neuf statues dont le prophète *Ézéchiel* qui rappelle le *Moïse* de Michel-Ange qu'Hébert avait certainement vu à Rome.

Après avoir fait carrière comme sculpteur sur bois pendant une dizaine d'années, Hébert se tourne définitivement, sinon exclusivement, vers le modelage et, à cette époque où patriotisme et religion sont une même dévotion, il passe sans transition, dirait-on, du sanctuaire à la place publique où il va raconter dans le bronze l'histoire de son pays. À la majesté des sculptures religieuses répondra la grandeur et l'éloquence des sculptures profanes. Le grand geste ici vaut presque une grande idée.

Avec le monument *Salaberry*, au village de Chambly, Hébert devient le premier grand statuaire commémoratif canadien, les autres monuments — colonne de Nelson (1808), monument aux Braves à Sainte-Foy (1863) et reine Victoria (1872) à Montréal — étant des œuvres de sculpteurs anglais ou français. L'inauguration, qui eut lieu le 7 juin 1881, lance une mode qui durera un demi-siècle au cours duquel on dévoilera les pages les plus significatives de l'histoire du Canada français pour la plus grande édification du peuple qui retrouve, bronze par bronze, son honneur perdu sur les plaines d'Abraham.

À Hébert revient aussi le mérite d'avoir conçu le premier monument de la colline parlementaire à Ottawa, *George-Étienne Cartier*, inauguré en janvier 1885. Entre-temps Napoléon Bourassa, qui avait dirigé Hébert vers la sculpture religieuse, lui prépare une nouvelle carrière lorsqu'en 1877 il l'associe à son projet de décoration de la façade du Palais législatif. On retiendra, en haut lieu, cette recommandation, mais on oubliera qui l'a faite. En effet, lorsqu'en 1887 le moment viendra d'octroyer le contrat convoité, Bourassa sera éloigné du projet au profit du seul Hébert. Pour la première fois de l'histoire du Québec, le gouvernement envoie étudier un artiste en Europe, à ses frais. Hébert accumule les «premières»: premier monument commémoratif exécuté par un Canadien; premier monument sur la colline parlementaire; première bourse d'étude octroyée par le gouvernement du Québec.

Au printemps de 1888, Hébert s'embarque pour Paris avec sa famille. À l'époque, on y professe l'«académisme» en sculpture, c'est-à-dire qu'on reste fidèle aux habitudes artistiques des devanciers, aux règles éprouvées. Mais au Canada, Hébert fera figure d'innovateur, tant par les sujets, qui sont de fait nouveaux, que par la technique qui sera celle du Paris de la IIIe République, avec des souvenirs du Second Empire.

Son séjour à Paris dure six ans, le temps de réaliser près de la moitié du projet dont *Frontenac* (1890), la première statue à occuper sa niche, et la fontaine dédiée aux races aborigènes du Canada qui comprend la *Famille indienne* (1890) et le *Pêcheur à la nigogue* (1894). Avec la statue de Lévis, dévoilée le 23 juin 1896, prend fin l'important contrat du parlement que le sculpteur aura mis plus de huit ans à réaliser.

Concurremment, soit de 1892 à 1895, il travaille à son chef-d'œuvre, le monument à Maisonneuve qui, dans la métropole, fait face à la basilique Notre-Dame et tourne le dos à la Banque de Montréal. Ainsi se trouvent réunies, à la place d'Armes, les trois puissances qui dirigent le pays : le pouvoir clérical, le pouvoir civil et le pouvoir mercantile qu'Hébert servira jusqu'à sa mort, sans discriminer.

À cause de ses antécédents, Hébert associe le pouvoir du clergé canadien à son expérience romaine, ce qui est dans l'ordre, puisque les deux évêques qu'il coule dans le bronze étaient ultramontains. Mais il le fait de façon bien différente.

Hébert avait rencontré Ignace Bourget, le deuxième évêque de Montréal, au camp des zouaves à Tivoli. C'est ce souvenir, plus mémorable pour l'artiste que pour le prélat, qu'il rappelle sur une des plaques qui ornent le piédestal. Il est permis de croire que le sculpteur a profité de l'occasion pour se représenter parmi les soldats raides, médusés et se réserver ainsi une petite place sur le monument...

Tout autre est le monument à Mgr de Laval érigé à l'occasion du troisième centenaire de Québec, dont je ne retiens qu'un bas-relief, celui où l'on voit l'évêque en Nouvelle-France, en train de baptiser un Amérindien. C'est tout un événement et Hébert a choisi de le représenter comme on a représenté des événements de cette importance sur des tapisseries italiennes — celles entre autres sortant de l'atelier du cardinal Barberini racontant les moments les plus marquants de son illustre carrière — qu'il aurait pu voir lors de son séjour à Rome. L'action principale occupe la moitié seulement de la composition. Le reste est rempli de spectateurs distraits qui posent, qui jasent, qui ne s'intéressent pas vraiment à ce qui se joue devant eux. Le désordre règne ici, un beau désordre baroque, alors que sur le bas-relief du monument de Mgr Bourget, l'évêque concentre toute l'attention et impose un ordre respectueux que justifie la dignité du personnage juché sur son piédestal, la main tendue, signifiant, à ceux qui lui rendent hommage, de se relever.

Au pouvoir ultramontain que servent ces monuments et quantité d'autres qui ne sont pas tous de la main d'Hébert, on oppose, sur la place publique, la puissance britannique, anglicane et libérale dans une série de monuments prétentieux, pompiers même, mais qui ne manquent pas d'impressionner par leur volume et qui chantent sur tous les tons la gloire de la monarchie solidement campée sur une base de granit. Comme Montréal est la ville qui met ce pouvoir le plus en doute, il importe d'y planter quelques monuments de choix. C'est ce qui en explique la splendeur surtout quand on les compare à ceux qui se trouvent à Toronto qui, elle, est toujours demeurée loyale à Londres.

Le monument *Édouard VII* (1914) est de ceux-là. Pour faire quelque peu oublier la figure empesée du monarque, l'artiste l'a entouré d'une dizaine de personnages symboliques dont une Paix armée et un jeune Génie, aux ailes déployées, brandissant une chaîne rompue, allusion à l'acte d'Édouard VII qui avait modifié cette section du serment du couronnement faisant du roi d'Angleterre le persécuteur de la religion catholique, geste qui pouvait lui mériter la sympathie des Montréalais qui ont, depuis, cerné le monument d'arbres feuillus qui le cachent complètement, l'été, de la vue des passants.

Il se trouve [4], également à Montréal, un autre monument tout aussi grandement et plus injustement encore ignoré, celui de John Young (1811-1878), dressé près du port de Montréal, en 1911. Comme il arrive chaque fois que le personnage ne connaît pas la faveur du vaste public ou que son nom disparaît dans la nuit des temps, le sujet principal s'efface devant la figure allégorique, ici Neptune, que Young, principal responsable de l'aménagement du port de Montréal, a maîtrisé puisqu'on voit le dieu marin rampant à ses pieds, dans le bassin de la fontaine. C'est, à ma connaissance, le premier monument érigé au pouvoir mercantile. Une autre première d'Hébert qui, deux ans plus tard, élève une statue colossale de Madeleine de Verchères à quelques kilomètres de l'entrée du port de Montréal, faisant de l'héroïne de la Nouvelle-France, mais toutes proportions gardées, la statue de la Liberté des Québécois, rapprochement qu'Hébert ne pouvait manquer de faire, lui qui avait personnellement connu le sculpteur français, Frédéric Auguste Bartholdi.

Peu après, soit avec le projet du monument à Évangéline que réalisera son fils Henri, Hébert ferme le livre d'histoire qu'il avait ouvert cinquante ans plus tôt, abandonnant aux intempéries une galerie impressionnante de portraits de personnages qu'il avait élevés au rang de légendes, donnant de chaque individu ainsi glorifié une image paterne du pouvoir, quel qu'il soit, car il n'y a aucune différence pertinente entre les têtes hautes de ses souverains, de ses hommes d'État, de ses prélats, de ses hommes d'affaires, de ses héros. Ils appartiennent tous à la classe dirigeante et commandent le respect des passants qui lèvent humblement le regard vers ces guides, ces phares, ces puissances.

---

4. Il serait plus juste de dire qu'il ne s'y trouve plus, puisque le monument a été retiré pour être restauré.

Louis-Philippe Hébert, *Monument de Mgr Bourget*, 1903, plaque de bronze rappelant le séjour à Rome de Mgr Bourget en 1870, parterre de la cathédrale de Montréal.

Louis-Philippe Hébert, *Monument de Mgr de Laval*, 1908, plaque de bronze représentant l'évêque en train de baptiser un Amérindien, Québec.

L'énigme Ozias Leduc (1864-1955)

.

> [...] tout a un sens ou rien n'en a.
>
> Roland Barthes,
> « Introduction à l'analyse structurale du récit »,
> *Poétique du récit*

Ozias Leduc a été, de 1892 à 1955, le peintre d'églises le plus célèbre de son temps et le dernier Québécois à vivre principalement de ce métier. Loin de s'en enorgueillir, Leduc nous dit ce qu'il faut en penser :

> L'impureté de l'art est introduite dans l'art par les commandes faites à l'artiste. Il y a toujours quelques restrictions dans une commande payée. L'artiste se soumet mais sa liberté d'entièrement s'exprimer lui-même est gênée, et souvent annihilée totalement. C'est pourquoi les œuvres commandées sont la plupart du temps inférieures sinon manquées [1].

À ces œuvres « manquées » le peintre oppose sa peinture de chevalet supérieure à ses décorations d'églises, plus près, en tout cas, de ce qu'il avait voulu créer, se sentant plus libre dans son atelier que surveillé par un quelconque curé de paroisse. Non pas que la distance soit grande entre ces deux volets de son œuvre. Au contraire, les paysages d'Ozias Leduc ainsi que ses natures mortes sont empreints de la même atmosphère mystique que ses tableaux religieux, où chaque élément visuel renvoie à un mystère de foi, d'espérance ou de charité. C'est ce qui a porté les critiques et les admirateurs de l'artiste à croire que toute son âme se trouvait dans ces œuvres qui nous révèlent bien des choses, mais qui ne disent pas tout, comme le laisse entendre son disciple, Paul-Émile Borduas (1905-1960), pour qui la peinture d'Ozias Leduc « n'est pas qu'un plaisir des yeux mais aussi le décor de ses plus secrètes pensées [2] ». Qu'un peintre symboliste traduise parfois de façon hermétique une pensée mystique, cela se comprend. Mais Borduas ne parle pas de cela ; il dit bien « secrètes pensées », pensées inavouables donc, puisqu'elles doivent demeurer sous le couvert du silence. Sur quels domaines devaient porter ces pensées et que pouvaient-elles être ?

---

1. Ozias Leduc, cité par Victoria Baker dans « Sur l'art, la beauté et l'imagination : expression de la pensée d'Ozias Leduc dans ses écrits », *Dessins inédits d'Ozias Leduc*, Montréal, 1978, p. 130.
2. Paul-Émile Borduas, cité par Jean-René Ostiguy dans *Ozias Leduc. Peinture symboliste et religieuse*, Ottawa, Galerie nationale du Canada, 1974, p. 104.

L'artiste fournit quelques indices voilés dans ses natures mortes à énigmes. La première des trois que je retiens, *La Phrénologie* (1892), rappelle le système de psychologie de l'Allemand Franz Joseph Gall (1758-1828) condamné par l'Église. Mais que veut dire ce tableau, à part l'intérêt que l'artiste peut partager avec l'homme de science pour ce qui a trait à l'anatomie humaine ? Comment peut-on le lire ? J'offre trois explications qui tiennent compte des principaux éléments du tableau ; la nature (l'esquisse, au premier plan) n'est romantique (la reproduction de *Sabrina*, gravure de Frost[3]) que réinterprétée par le cerveau humain (le buste pour l'étude de la phrénologie) ; ou encore, la nature (l'esquisse, au premier plan) est objet de contemplation (la reproduction de *Sabrina*), d'étude scientifique (le buste pour l'étude de la phrénologie) ou d'inspiration (instruments de l'artiste). Mieux, l'énigme porterait-elle sur le défi à l'autorité religieuse, l'homme de science comme l'artiste et le poète qui s'inspire de la mythologie païenne n'acceptant pas volontiers qu'on limite le champ de son étude ? Ce qui me fait pencher davantage vers cette dernière interprétation, c'est qu'Ozias Leduc réclame en toutes lettres cette liberté pour les artistes lorsqu'il écrit à Borduas en 1943 : « Le domaine de l'artiste ? Ce ne peut être que cet univers dans son intégrité, l'homme compris[4]. » C'est la même idée qu'il reprend dans *Nature morte au livre ouvert* (1894), où il semble vouloir dire que la lumière (la chandelle) peut venir de trois sources : la religion (l'illustration de la Vierge à l'Enfant), les arts (le violon) et les sciences (les livres).

Dans *Nature morte au livre et à la loupe* (vers 1900), les titres de volumes qu'on peut lire en se servant d'une loupe — comme nous invite à le faire l'artiste qui en a déposé une sur la table — précisent, pourrait-on croire, la direction de ce savoir, le choix qu'il a fait de la lumière pour l'éclairer : *L'anneau d'or*, *Rebelle*, *Némésis*, *Oracle*, *L'irréparable*. Mais s'agit-il de titres véritables ? Qu'ils le soient ou non n'enlève rien à leur valeur d'indices, chaque élément d'un tableau répondant à une nécessité de sa composition, jouant un rôle ou, si l'on préfère, tenant une fonction narrative. Voyons donc ces titres.

« *Anneau d'or*, à la fin de la République, signe extérieur de l'appartenance à l'ordre équestre. À partir de 24 ap. J.-C., seul l'empereur peut donner le droit à son port à des affranchis, qui peuvent ainsi prétendre à devenir chevaliers[5]. » L'anneau d'or serait donc un signe que porteraient des affranchis. Mais, dans le cas de Leduc, affranchi de quoi ?

---

3. La gravure de William Edward Frost (1810-1877) illustre le passage de la féerie de John Milton, *Comus*, où Sabrina, entourée de nymphes, remonte à la surface du lac.
4. Ozias Leduc, « Lettre à Borduas » (10 octobre 1943) citée par Françoise Le Gris dans « Chronologie des relations entre Ozias Leduc et Paul-Émile Borduas », *Ozias Leduc et Paul-Émile Borduas*, Conférences J. A. de Sève 15-16, 1972, Montréal, Presses de l'Université de Montréal, 1973, p. 121.
5. Art. « Anneau », *Grand dictionnaire encyclopédique Larousse*, Paris, Larousse, 1982, T. 1, p. 503.

Le titre *Rebelle* indique qu'il s'agirait d'individus affranchis du pouvoir établi. *Némésis*, étant la «personnification de la vengeance divine, qui s'exerce contre les hommes qui cherchent à échapper à leur destin[6]», me fait croire qu'il s'agit d'une société irréligieuse, qui s'attire donc le courroux divin pour avoir tenté d'échapper au pouvoir de l'Église qui est son destin.

L'oracle «renvoie à deux sortes d'institutions : la divination et le prophétisme[7]». La divination est condamnée par l'Église comme l'est la phrénologie. Ozias Leduc aurait-il commis l'«*Irréparable*», en fréquentant des amis libertins ?

Chose certaine, Ozias Leduc était un homme inquiet :

> Leduc sent [très] bien ce qui est [le plus] sain, [le plus] courageux [le plus] et / héroïque mais préfère au prix de son «salut» et à celui de ses amis, sa douce quiétude, ses aimables inquiétudes, la fine joie de détruire ses passions, ses ardeurs, ses enthousiasmes, dans la [grande illusion] griserie d'atteindre ainsi à la perfection, à la générosité, la mansuétude, à l'indulgence, à la bonté, à la vérité.

> J'ai la certitude morale que Leduc est un être empoisonné. Le charme de sa peinture [nature morte] est d'atteindre à force d'illusion / au Sentiment du / néant. [...]

> Sa maison est une caverne d'apostats et de larves [qui flatte] flattant sa diabolique vanité. [...]

> Leduc réalise par sa peur unique l'accord avec la société. [accord] / Accouplement dans / un [—] tombeau[8].

C'est ainsi qu'il se voit et se présente dans un autoportrait au fusain de 1901. Rien, en effet, dans ce regard, qui traduise la sérénité du décorateur d'églises ni du paysagiste pour qui la nature offre quantité de symboles de rédemption. C'est que cette même nature est parfois hantée par des divinités païennes, Érato (*Érato*, vers 1906), par exemple, celle des neuf muses qui préside à la poésie lyrique, surtout à la poésie érotique, qu'on retrouve légèrement retouchée dans un dessin préparatoire pour la Vierge de l'Immaculée Conception (1917), à l'église Saint-Enfant-Jésus du Mile End. Ce ne serait pas la première fois que mysticisme et érotisme voyageraient de compagnie et cette perversion des symboles (l'érotisme débridé et l'Immaculée Conception se confondant sous les mêmes traits) ne serait pas tellement significative si Leduc n'avait pas, à au moins une autre occasion, commis ce qui

---

6. Art. «Némésis», *ibid.*, t. 7, p. 7322.
7. Art. «Oracle», *ibid.*, p. 7605.
8. Paul-Émile Borduas, «Lettre à Robert Élie», citée dans *Ozias Leduc et Paul-Émile Borduas, op. cit.*, p. 136-137. Les mots entre crochets ont été biffés par Borduas. Ce document contredit de façon véhémente le témoignage de J. Craig Stirling qui se prononce pourtant au nom de tous quand il prétend que «tous les critiques s'accordent enfin sur un point : l'impression de calme, de quiétude et de sérénité qui se dégage de son œuvre». («La fortune critique d'Ozias Leduc», *Dessins inédits d'Ozias Leduc, op. cit.*, p. 144.)

aurait pu passer pour un sacrilège, à une époque où l'on ne profanait pas le sacré aussi allègrement que de nos jours.

Ozias Leduc, l'ami de M^{grs} Tessier et Maurault, fréquentait aussi des gens moins honorables, des intellectuels, des écrivains, des poètes dont Guy Delahaye, pseudonyme de Guillaume Lahaise, qui habitait lui aussi le village de Saint-Hilaire, pour qui il fera, en 1912, les illustrations d'un petit livre, *Mignonne, allons voir si la rose… est sans épines* que l'auteur a retiré de la circulation. Pourquoi ? Moins pour sauvegarder sa réputation que celle du décorateur d'églises car, du recueil, deux dessins sont particulièrement révélateurs du penchant libertin de l'artiste. Le premier présente ce qui paraît être d'abord un profil auréolé de la Vierge. Mais quand on y regarde de plus près, on s'aperçoit que la Vierge est boudeuse, qu'elle porte autour du cou un nœud de vipères et que l'auréole est un anneau sur lequel on peut lire trois fois le mot « HORREUR ». C'est donc la deuxième fois que l'artiste pervertit les symboles, mais son discours, parfois diffamatoire, est ici nettement blasphématoire. Il l'est d'autant plus qu'une seconde illustration vient appuyer son propos.

Un des symboles de Dieu est le triangle au centre duquel se trouve l'œil qui veille en tout temps sur sa création et sur ses créatures. Dans le même recueil, Ozias Leduc reprend ce triangle, met au centre un œil de velours à la paupière mi-close et entoure le tout d'un serpent en forme de cœur. Quelques traits de plume ont suffi pour transformer le Dieu d'amour en déesse de la tentation de la chair.

Péché de jeunesse ? Peut-être, mais d'une jeunesse qui s'étire puisque Leduc collabore, en 1918, au *Nigog*, revue qui remet en question l'idéologie de conservation, qui glorifie tout ce qui est moderne et qui refuse de croire aux effets bienfaisants du retour à la terre, une revue donc qui présente tout le contraire de l'œuvre officielle de Leduc, figure de Janus, qui, d'un côté, prend un air grave pour servir le pouvoir qui le fait vivre et, de l'autre, sourit à ses amis qu'il fait rire d'un rire sardonique, peut-être même satanique.

Marc-Aurèle Fortin (1888-1970),
hors de la maison du père

Il n'y a pas de pensée naïve.

Olivier Revault D'Allonnes,
La création artistique et les promesses de la liberté

Règle générale, les paysagistes, au Québec, peignent ce qui entoure leur demeure — soit celle de leur enfance soit encore celle qu'ils ont plus tard adoptée — à laquelle ils s'identifient. Comme les arbres de leurs tableaux, ils poussent là où le hasard les a semés ou encore là où ils se sont plantés, le sol natal ou de prédilection étant pour eux de la «bonne terre». Marc-Aurèle Fortin fait donc partie d'une tradition qui remonte à Cornelius Krieghoff (1815-1872) et d'un mouvement qui monte en flèche de clocher d'église durant la première moitié du xxᵉ siècle. C'est ainsi que son œuvre épouse la conception «naturaliste» de l'art proposée par Zola : «Un coin de la création vu à travers un tempérament». Ce coin, qui avait été l'île d'Orléans pour Horatio Walker (1858-1938) et Arthabaska pour Suzor-Côté (1869-1937), ses aînés qui abandonnèrent le comté de Charlevoix aux meilleurs de ses contemporains, Clarence Gagnon (1881-1942) et A. Y. Jackson (1882-1974), sera, pour Fortin, la grande ville et le petit village, soit le grand Montréal et la région de Sainte-Rose, ce qui n'exclut pas, bien sûr, la possibilité de choisir ses sujets ailleurs, mais toujours en second lieu.

Ce que Fortin nous donne à voir, c'est beaucoup plus que son village natal ; c'est, au dire de Jean Paul Lemieux, «une sensibilité profonde teintée d'inquiétude [1]», une sensibilité heurtée par son père ; une inquiétude que justifiaient les conséquences néfastes du progrès sur la qualité de vie dans la métropole.

Tout, au début, présageait un avenir brillant au fils de l'avocat Thomas Fortin (1853-1933), conseiller juridique pour des entreprises de chemin de fer, puis juge de la Cour supérieure de Montréal. Homme éclairé, Thomas Fortin désirait ardemment que ses enfants se fassent une place dans le monde des affaires. C'est dans cette voie, peu fréquentée par les fils de bourgeois de langue française, qu'il pousse Marc-Aurèle de 1903 à 1906. Mais il ne réussit pas à l'inscrire aux Hautes Études commerciales qu'Édouard

---

1. Jean Paul Lemieux, *Le Jour*, 16 juillet 1938.

Montpetit fonde en 1907. C'est que, cette même année, Marc-Aurèle lui échappe, se sauve pour ainsi dire en Alberta, chez son frère Joseph-Albert. Première fugue, première tentative sérieuse d'échapper à l'influence paternelle.

Les deux hommes se retrouveront au début des années vingt, alors que le père économe accorde à l'enfant prodigue une pension qui lui permet de vivoter, en attendant de recevoir l'héritage important qu'il lui lègue à sa mort, en 1933. Cinquante mille dollars, selon Jacques de Roussan [2]. C'est une somme, surtout quand on se rappelle qu'il ne fallait pas plus de quatre cents dollars par année pour assurer la subsistance de Rodolphe Duguay à Paris, à la même époque. Cet héritage, Marc-Aurèle le confie à une entreprise d'administration fiduciaire, comme s'il n'avait jamais fait d'études commerciales, qu'il ne connaissait rien à la comptabilité, qu'il ne pouvait s'occuper de ses propres affaires. Or, après ses études, il avait travaillé comme commis dans divers bureaux et même dans une banque. Serait-ce, chez lui, rejet de cette formation qu'il devait à son père et, par le fait même, rejet de ce même père dont il accepte les bienfaits, tout en gardant ses distances, celles d'une maison de finance qui s'entremet entre le bourgeois et son fils bohème ? Ce qui me le fait croire, c'est que, chaque fois qu'il sera par la suite question d'argent, Fortin n'agira pas autrement.

Autant son père s'occupait de faire fructifier sa fortune, autant Marc-Aurèle se détache de la sienne. D'abord en faveur de Louis Lange, le propriétaire de la galerie L'Art français. À partir de cette date, 1940, les occasions de se «déshériter» se multiplient à un rythme effarant et chaque fois il semble le faire avec la plus grande désinvolture, comme s'il disait : « Allez-y ! Profitez de moi ! Volez-moi ! Ça ne me fait rien. »

Le 16 février 1955, c'est au tour d'Albert Archambault, qui devient son légataire universel et, deux jours plus tard, son mandataire et fondé de pouvoir.

Le 9 décembre 1966, Albert Archambault hérite du vivant même de l'artiste de tous ses biens, y compris ses tableaux.

Le 15 octobre 1969, Fortin nomme René Buisson son mandataire et procureur, et en fait son légataire universel et exécuteur testamentaire. Une fois de plus donc — ce sera la dernière —, il renonce à tous ses biens, ici du moins au bénéfice de quelqu'un qui a adouci ses dernières années.

Tout aussi éloquents que les faits rapportés sont ses tableaux, métaphores et témoins irrécusables de l'état d'âme de l'artiste. Que disent-ils ? Leur message varie selon qu'ils représentent la vie à la campagne ou en ville. Mais s'il varie, il ne se contredit jamais, les deux volets de l'œuvre de Fortin étant complémentaires.

---

2. Jacques de Roussan, *M. A. Fortin*, La Prairie, Marcel Broquet, 1986, p. 28.

Le décor champêtre est dominé par les grands arbres aux lourdes frondaisons, chaque branche, comme dans *Vue de Lesage* (1938), se traduisant par une feuille de vigne ou une grappe de raisin. Isolé, l'arbre est à lui seul un verger paradisiaque, mais le fruit qu'il donne, c'est l'ombre qui rafraîchit tout autant qu'un jus de fruit.

La force qui se dégage des ormes de Fortin est telle que même des critiques, ordinairement sérieux, en perdent la tête. Relisons, à titre d'exemple, ces quelques vers de Hugues de Jouvancourt qui a soulevé la feuille de vigne de ces colosses :

> Ormes à la chevelure folle des jeunes filles en fleurs !
> Ormes à la crinière de rouquin, au travers de
>   laquelle on voit les yeux bleus du ciel !
> Ormes aux troncs énormes, lisses, dressés
>   comme des phallus, avec en automne le
>   grouillement touffu de l'or en feuilles au
>   sommet de leurs colonnes, comme en une
>   dernière érection, comme en un dernier spasme [3] !

Disons plus simplement que, toujours placé au premier plan, l'arbre, par sa position stratégique et dramatique, est la représentation métonymique du paysage : on le voit mûr, dans la force de l'âge, puis perdre ses feuilles, ses branches, et enfin mourir. Ce qui arrive à un seul élément de la nature est ce qui menace tout le reste, que ce soit le cycle des saisons ou les coups que la ville porte à la campagne qu'elle envahit. Mais l'arbre n'est pas le seul baromètre à consulter ; il n'est même pas le premier.

La maison traditionnelle, trépanée dans le tableau qui nous intéresse, accuse, semble-t-il, la première au village, les effets de l'urbanisation et de l'industrialisation. Toutes les maisons de Fortin gardent leurs portes et leurs fenêtres fermées. Elles se replient sur elles-mêmes tant et si bien qu'on peut se demander si elles sont habitées. Certains indices extérieurs indiquent qu'elles pourraient l'être : cordes à linge, présence de petits personnages travaillant aux champs ou puisant de l'eau au puits. Mais les cheminées, l'hiver, ne fument pas. Il n'y a pas d'enfants dans la cour. Pas d'animaux domestiques non plus. Jamais l'artiste nous fait-il entrer. C'est à croire que ces maisons n'ont pas d'intérieur habitable, que ce sont de simples éléments de décor.

Comme le point de vue de Fortin est nettement passéiste, ce qu'on remarque par l'absence de voitures automobiles, de fils électriques, etc., il ne voit que les maisons telles qu'elles étaient autrefois, au XIXᵉ siècle, comme il se rappelle plus ou moins les avoir vues quand il était jeune. Car ces vieilles maisons qu'il peint sont des maisons retouchées par l'artiste qui embellit ses souvenirs, qui les rajeunit. Et c'est pourquoi elles sont inhabitées. Les

---

3. H. de Jouvancourt, *M. A. Fortin*, Montréal, Lidec, coll. « Panorama », 1968, [s. p.].

maisons qu'il a sous les yeux sont tout autres, sans poésie, donc sans passé ni avenir :

> Les populations rurales n'ont aucun goût artistique, dit-il. Elles sont d'une ignorance crasse et ne comprennent pas que ce qui fait le charme d'un village, ce qui lui donne son caractère qui attire les visiteurs, ce sont ces antiques demeures construites par leurs ancêtres. Au lieu de les conserver pieusement, de les garder telles qu'elles sont, on s'efforce de les rajeunir, de leur donner une apparence moderne. On revêt ces nobles résidences d'une laide tôle ou d'une imitation de brique. On ne peut imaginer pareille horreur[4] !

Mais le catalogue des « nobles résidences » de Sainte-Rose est incomplet puisque n'y figure pas celle de son père. Fortin n'enregistre, de fait, que ce qu'il aurait pu voir hors de la maison du père, le meilleur de son enfance s'étant passé loin de lui. Tout cet intérêt qu'il accorde à des centaines et des centaines de maisons traditionnelles a bien peu à voir avec les bonheurs de l'enfance. Ce que disent ces tableaux, c'est la distance qui sépare le père du fils, distance qui devient parfaitement visible dans les tableaux d'Hochelaga.

C'est dans ces tableaux, exécutés entre 1922 et 1934, que sa critique sociale se voit le mieux. Les premiers, comme *L'automne à Hochelaga* (aquarelle, 1922) ne se distinguent pas tellement de ceux de Sainte-Rose par la répartition des éléments qui jouent les mêmes rôles, que ce soit l'orme au premier plan, la maison avec son toit en pente, les bœufs tirant une charrette. Mais, avec les années, se dessine une stratégie, celle de l'industrialisation qui gruge petit à petit le paysage qui, n'ayant aucune arme pour se défendre, perd du terrain.

Paysage à Hochelaga (huile, 1929) avec ses maisons qui avancent en rang dit ce que sera l'issue de la lutte entre la campagne et la ville, entre le passé et le progrès. Lutte d'autant plus inégale que le progrès attaque la campagne sur tous les champs. Au premier plan, en effet, on remarque un élément nouveau : les rails de chemins de fer qui viennent prêter main-forte aux maisons à la tête carrée, en tranchant de leurs lames d'acier la campagne par-derrière, traîtreusement, tandis que le soufre partage l'air ambiant avec la fumée des usines sous l'œil indifférent des églises qui font les fières comme des ambassades étrangères.

Devant cette voie ferrée qui joue un si mauvais rôle, est-il indifférent de savoir que le père de Marc-Aurèle était conseiller d'une compagnie ferroviaire ? Se pourrait-il que cet élément du décor soit un rappel du père, comme cela est le cas dans les tableaux du peintre surréaliste Giorgio de Chirico ? Fortin se défendait d'avoir quelque parenté avec les surréalistes, mais on échappe difficilement à son inconscient et c'est justement quand on y fait le moins attention que ce qui nous travaille le plus ressurgit. C'est une

---

4. M.-A. Fortin, cité par Albert Laberge dans *Journalistes, écrivains et artistes*, Montréal, [s. é.], 1945, p. 176-177.

possibilité d'interprétation séduisante, et si je la retiens, c'est qu'elle tient compte des relations tendues entre le père et le fils et qu'elle explique le choix des motifs de Fortin qui, loin de subir l'influence d'Adrien Hébert qui avait tenté de lui faire aimer la ville et son port, voit au contraire dans la mutation dont il est témoin la réalisation des prophéties de son père.

S'il dénonce la modernité, ce n'est peut-être pas tant par conviction, par philosophie ou par penchant «naturel». J'ose avancer que c'est, bien plus, par mépris du père, par réaction donc à l'enseignement reçu à la maison et à sa formation scolaire. En rejetant systématiquement tout ce qui lui rappelait son père, Fortin embrassa, peut-être inconsciemment, l'idéologie dominante de son époque, celle du clergé qui enseignait l'invraisemblable retour à la vie campagnarde, aux valeurs sûres, celles des ancêtres qui avaient vécu dans un paradis perdu par l'industrialisation nourrie par le capitalisme étranger. Ce refus d'entrer dans les raisons de son père l'a fait opter pour une peinture pittoresque et anecdotique, une peinture qui piétine sur place, qui refuse d'évoluer, qui reprend inlassablement les quatre ou cinq motifs qui meublent chaque tableau avec une monotonie qui serait désolante si chaque œuvre, prise individuellement, n'était pas aussi décorative. C'est d'ailleurs cette dernière qualité qui a sauté aux yeux des publicistes qui, aujourd'hui, reprennent les images agréables, rassurantes de Fortin pour valoriser des produits aussi divers qu'un gin néerlandais — quel cynisme! — et un dictionnaire québécois.

Ainsi Fortin, le bohème, l'indépendant, qui n'a sollicité ni obtenu de contrats de personne, aura servi malgré lui tous les pouvoirs : celui du clergé de son époque et, aujourd'hui, celui du commerce, sans en retirer le moindre profit.

Alfred Laliberté (1878-1953) :
l'artiste e(s)t le héros

Alfred Laliberté, *Monument de Dollard des Ormeaux*, 1920, bronze, parc Lafontaine, Montréal.

Il n'y a pas de vision sans pensée.

Maurice Merleau-Ponty,
L'œil et l'esprit

À la fin du XIXᵉ siècle, les sculpteurs québécois appartiennent à deux écoles, la première étant «l'École canadienne» proprement dite, formée de sculpteurs sur bois qui poursuivront une œuvre régionale, avec des moyens de fortune et des résultats qui varieront grandement selon le talent de chacun. Se mettent au rang de cette école très suivie, Louis Jobin, les Bourgault et le groupe de Saint-Jean-Port-Joli. La seconde école, plus sélecte, sera celle des «Académiciens», formés dans les académies et les ateliers d'Europe, qui délaisseront le bois pour le bronze.

Alfred Laliberté appartient au second groupe, celui qui, fidèle à l'École française du XIXᵉ siècle, illustrera sans audace, durant le premier tiers du XXᵉ siècle, les deux principaux volets de l'idéologie de conservation : celui de l'amour de la terre et celui du culte des héros.

Pendant plus de quatre ans, soit en raison d'une œuvre par semaine, Laliberté travaille à l'exécution de moules de terre cuite évoquant la vie des défricheurs, le monde de son enfance dans les Bois-Francs :

> Je fis du terroir parce que je suis né à la campagne, j'y ai grandi, vécu et j'ai compris le poème des champs et je me suis associé au travail de la terre en tenant la hache, la bêche, la pioche. J'ai connu tous les métiers. Les coutumes et les habitudes des travailleurs que j'ai vus se sont gravées dans ma mémoire sans effort. Ces souvenirs ne s'effacent plus parce que né de la terre, je suis son fils [1].

Le sculpteur se voit comme le pont, un pont solide, un pont de bronze, entre le passé rapproché et les temps futurs, ce qui fait de lui un moment dans l'histoire, un moment durable puisque si le passé, lui, est révolu, les bronzes, eux, vont perdurer :

> [...] un sculpteur passe son temps à exécuter des choses du passé et s'efforce par son œuvre d'empêcher les générations futures d'oublier

---

1. Alfred Laliberté, «Réflexions sur l'art et les artistes», *Mes souvenirs*, Montréal, Boréal Express, 1978, p. 201.

l'intelligence et le courage de nos pères qui ont défriché les terres, les ont mises en état de produire les moissons que nous récoltons aujourd'hui [2].

Les métiers dont il parle n'étant pas encore disparus, il peut observer les travailleurs et les artisans et les représenter avec vérité, ce qui donne à cette suite une valeur documentaire réelle, puisqu'il fige dans le bronze, pour le bonheur des ethnographes, le Québec pré-industriel. C'est ce qui explique, en partie, le peu d'enthousiasme qu'a soulevé, lors de sa production, cette série où les thèmes édifiants sur la famille et la religion abondent. Aussi l'ensemble de deux cent quatorze bronzes, commandé en 1928 par le Musée du Québec, ne fut-il présenté au public qu'en 1978 comme une curiosité.

Si on s'intéresse de nouveau à Laliberté au point de lui réserver une rétrospective au Musée des beaux-arts de Montréal, au printemps de 1990, c'est peut-être par nostalgie du passé révolu. Peut-être aussi parce que le Québec, qui se prépare à entrer dans une nouvelle aventure, tient à regarder un peu derrière lui avant de faire un bond en avant. Car on s'y intéresse, et même beaucoup. En 1985, la ville de Montréal a fait couler deux bronzes monumentaux de l'artiste, *Le semeur* et *La femme au seau* ou *Travailleuse canadienne*, qui gardent, depuis, l'entrée de l'Hôtel de ville, signifiant, par leur présence insolite, les liens qui perdurent entre la ville et la campagne, entre les citadins et leurs ancêtres cultivateurs, ceux qui ont passé à l'histoire comme Louis Hébert (*Louis Hébert* (1917) qu'on voit à Québec, entouré de sa femme, Marie Rollet, et de Guillaume Couillard, offrant à Dieu les prémices, et ceux qui appartiennent à la vie quotidienne comme dans *La fermière* (1914) où le personnage porte dans son panier des fruits, des œufs et des légumes qu'il faut croire aussi frais que la viande, la volaille et le poisson qui se rendent vivants au marché Maisonneuve.

Le second volet de l'œuvre de Laliberté vient chronologiquement en premier dans sa carrière puisqu'il s'est ouvert dès que l'artiste est revenu de Paris où, grâce à une souscription publique qu'avait tenue *La Presse*, il avait pu s'inscrire à l'École des beaux-arts et y étudier cinq ans (1902-1907).

C'est l'Honorable Honoré Mercier, alors qu'il était premier ministre du Québec, qui lui accorda son premier contrat pour l'exécution de deux statues, le *Père Brébeuf* (1909) et le *Père Marquette* (1909), les plus remarquables des six qu'il exécute, de 1909 à 1922, pour animer la façade du Palais législatif à Québec.

Mais celui qui lui fournira l'occasion de donner à son talent sa pleine mesure sera le chanoine Lionel Groulx, patriote et démagogue, né la même année que Laliberté. C'est lui qui lança le culte de Dollard des Ormeaux et qui, pour donner une dimension physique à ce culte, initia dès 1910, à l'occasion du 250ᵉ anniversaire de la bataille du Long-Sault, le projet du *Monument*

---

2. Alfred Laliberté, cité par Jules Bazin dans « Laliberté — ses bronzes du Musée du Québec », *Vie des arts*, vol. XXIII, nᵒ 94, printemps 1979, p. 80.

de Dollard. Ce projet répondait au vœu formulé un demi-siècle plus tôt par l'abbé Étienne-Michel Faillon de «[...] voir élever un jour, dans la cité de Villemarie, un monument splendide qui rappelle, d'âge en âge, avec les noms [des dix-sept] braves, l'héroïque action du Long-Saut[3]». Dès 1914, on avait réuni les vingt mille dollars nécessaires à la réalisation du monument qui demeura à l'état de projet durant les années de la guerre.

L'armistice signée, le chanoine Groulx vit à l'érection d'un premier monument, celui-ci sur le site présumé de l'exploit du Long-Sault, à Carillon. L'exécution de ce modeste projet, une stèle de granit surmontée d'un buste représentant la Nouvelle-France, fut confiée à Laliberté, qui signe son œuvre en prêtant ses traits au profil de Dollard figuré dans le médaillon de bronze sur la stèle. Le monument, inauguré le 24 mai 1919, devint, grâce à la ferveur du chanoine Groulx, un lieu de pèlerinage historique annuel pour la jeunesse.

Pour comprendre l'importance de ce monument à Dollard, il faut le situer dans son contexte historique, dire qu'il a été érigé un an après la fin de la Première Guerre mondiale, deux ans après la conscription, peu après donc que les Anglais eurent accusé de lâcheté les Canadiens français qui avaient refusé de porter les armes pour défendre les intérêts de l'empire britannique. Le chanoine Groulx, qui n'entend pas à ce qu'on lui fasse la leçon, élève la voix pour répondre aux détracteurs de tout un peuple. Professeur d'histoire, il tire de l'histoire du Canada un soldat peu connu pour allumer sur ses cendres la flamme du souvenir. Le phénix qu'il ressuscite dit que les Français ne manquent pas de courage, n'en ont jamais manqué et que, s'il leur arrive de refuser de se battre, c'est quand ils ne jugent pas bonne la cause de ceux qui les incitent au combat.

On répète le message le 24 juin 1920 alors qu'on dévoile le monument du parc Lafontaine, à Montréal, dans le cadre des célébrations de la Saint-Jean-Baptiste. Comme la Société Saint-Jean-Baptiste fait des pressions pour faire légaliser la fête patronale, il importe que ce dévoilement soit imposant, et il le sera : par la qualité et le volume du monument lui-même ; par la présence officielle des invités de marque ; et par la foule qui participera à la cérémonie. Voici ce qu'on en dit dans la *Revue moderne* du 15 juillet 1920 :

> [Voici le] Monument que la piété des Canadiens français vient d'élever dans la grande cité canadienne, à la gloire de l'un des plus fiers héros du Canada français, Dollard des Ormeaux et de ses illustres compagnons, morts en sauvant la colonie française, dans le Fort du Long-Sault, après un combat héroïque contre les féroces Iroquois, en l'an 1660. [L'inauguration de ce monument] a donné lieu à une fête vraiment française et canadienne, présidée par le représentant de la France au Canada [...] entouré des officiers de la « Ville d'Ys » [et] une garde d'honneur de 16 fusiliers marins français [...][4].

---

3. Étienne-Michel Faillon, *Histoire de la colonie française en Canada*, Ville-Marie, Bibliothèque paroissiale, 1865, t. II, p. 415.
4. [Anon.], *La Revue moderne*, 1re année, n° 9, 15 juillet 1920, p. 20.

On aura remarqué l'absence totale du Canada anglais dans cet événement d'importance. Mais la France y est, ainsi que « la foule émue », composée de plus de vingt mille Canadiens français.

Le groupe central, qui n'est pas sans rappeler *La Marseillaise* (1832-1835) de François Rude, représente Dollard, l'épée à la main, surmonté d'une personnification féminine de la Gloire. À leurs pieds, un soldat mourant. Sur le piédestal, deux bas-reliefs, l'un à droite, l'autre à gauche, illustrent « Le serment » prêté par Dollard et ses compagnons et « Le départ » de ceux-ci pour le Long-Sault, le 19 avril 1660.

Le buste de Dollard, réalisé en différents formats par Laliberté, en bronze d'abord, puis en plâtre, connut une vaste distribution, car il était offert comme prix d'histoire du Canada dans les écoles. C'est ce qui créa un véritable culte de Dollard, modèle parfait de dévouement et de patriotisme pour la jeunessse, dont la célébration de la fête, le 24 mai, est concurrente à celle du *Victoria Day* qu'on tente ainsi de rayer du calendrier civil, même s'il faut jouer avec les dates pour y arriver. Cette diffusion constitue un exemple saisissant de la propagande historique et patriotique au Canada français à cette époque et le désir d'effacer la présence anglaise du Québec ou, si on ne le peut pas, de la rendre parfaitement odieuse. On y arrivera en glorifiant ceux que le régime anglais a voulu couvrir d'opprobre.

Tel est le rôle joué par le *Monument aux Patriotes*, inauguré le 24 juin 1926, lors donc, encore une fois, des célébrations de la Saint-Jean-Baptiste, qui rappelle ceux qui sont « morts ici, sur l'échafaud, dans l'hiver de 1838, pour la liberté de leur pays ». Le site, connu sous l'appellation « Pied-du-courant », est renommé « place des Patriotes ». Nouveau nom, nouveau monument, tout comme on avait rebaptisé la place du marché, à Québec, « place Royale » pour accueillir le buste de Louis XIV, en 1686.

La maquette, qui se trouve au Musée des beaux-arts du Canada, propose un socle beaucoup plus intéressant que celui qui a été retenu, car on y voit, en bas-relief, les Patriotes qui en font le tour, et non pas seulement sur ses trois faces autant de médaillons rappelant les seules têtes de file de la Rébellion qui sont passées à l'histoire, soit le chevalier de Lorimier, Wolfred Nelson et Louis-Joseph Papineau.

Rappelons qu'à la suite des Rébellions de 1837-1838, la cour, au service de Colborne, condamne à mort cent huit Patriotes, puis se ravise, en déporte quatre-vingt-seize et fera pendre les douze autres, au Pied-du-Courant. Au nombre se trouvait François-Marie Chamilly, chevalier de Lorimier dont le portrait est, sur le socle du monument, accompagné de l'inscription suivante : « Aux Patriotes de 1837-1838. Vaincus dans la lutte, ils ont triomphé dans l'histoire. » De sa prison de la rue Craig, le chevalier de Lorimier écrivait dans sa dernière lettre : « Je meurs sans remords, je ne désirais que le bien de mon pays[5]. » C'est

---

5. Le chevalier de Lorimier, cité dans *Le mémorial du Québec*, Montréal, Société des éditions du Mémorial, 1980, t. II, p. 373.

à lui également, comme le rapporte Laure Conan, dans *Angéline de Montbrun*, que l'on doit cette phrase courageuse qui est aussi un avertissement : « Le sang et les larmes versés sur l'autel de la patrie sont une source de vie pour les peuples [6]. » Il fut le premier à être exécuté, le 15 février 1838.

Des douze condamnés, le monument ne retient que son nom parce que c'est un nom qui appartient au Régime français, un nom noble à particule, ce qui facilite le rapprochement avec d'autres héros de la Nouvelle-France, les des Ormeaux, les sieurs de Frontenac, de Montcalm, de Lévis, de Maisonneuve, des militaires, des braves, des saints laïcs dont certains sont aussi des martyrs. Il ne fallait pas risquer de salir ce sang pur, en le mêlant à celui des onze autres, pendus comme le chevalier de Lorimier, mais morts moins noblement que lui, car eux n'ont pas écrit pour donner un sens à leur exécution, peut-être bien parce qu'ils n'en étaient pas capables, ce qui est déjà un déshonneur. Ce que la prison et le jugement de cour avaient réuni, l'histoire et les préjugés de classe l'ont séparé.

Laliberté décrit la figure allégorique, *Les ailes brisées*, comme « un jeune homme ailé tombant moralement et physiquement [7] ». Le sexe des anges étant sujet à discussion, le sexe de celui-ci me paraît fort discutable, le jeune homme ayant un buste qui ferait l'envie de plus d'une femme. Robert Derome, qui décrit sommairement le monument [8] ne semble pas en avoir compris le très beau mouvement qui correspond tout à fait au message écrit sur le socle. L'ange est vaincu, comme le titre donné à la sculpture l'indique ; ceci pour expliquer le mouvement vers le bas qui correspond à ces mots : « Vaincus dans la lutte ». Mais, de là où se trouve le spectateur, cet ange peut être un ange qui se relève, ce qui correspondrait à la deuxième partie du message écrit : « Ils ont triomphé dans l'histoire » et ce qui expliquerait aussi le maillon de la chaîne brisée qui pend de son poignet, signe de liberté.

Ce monument en rappelle un autre qui se trouve au cimetière Notre-Dame-des-Neiges et qui porte le même titre : *Les ailes brisées* [9]. Ici, pas de doute possible : il s'agit bien d'un jeune homme qui a perdu sa tunique et ses chaînes. Cet ange, comme celui du *Monument aux Patriotes*, est un ange qui tombe (symbole de la mort), mais aussi un ange qui se relève (symbole de résurrection). Et voici pourquoi la présence de ce nu ne devrait pas étonner dans un cimetière catholique.

Le but de la sculpture d'histoire, dont nous venons de voir quelques exemples, est clairement donné par l'historien Benjamin Sulte, en 1881, dans

---

6. Laure Conan, *Angéline de Montbrun*, Montréal, Fides, coll. « Bibliothèque canadienne-française », 1967, p. 162.
7. Alfred Laliberté, *op. cit.*, p. 195.
8. Robert Derome, « Physiomonies de Laliberté », *Vie des arts*, vol. XXIII, nᵒ 94, printemps 1979, p. 27-29.
9. Un plâtre bronzé, de la même dimension et portant le même titre, se trouve également au musée de Joliette.

la préface à son *Histoire des Canadiens français*: «Rendons à nos aïeux, dit-il, les hommages qui leur sont dus. Inspirons à leurs fils l'amour du travail et le patriotisme qu'ils ressentaient. [...] Nous n'érigeons pas un monument à la vanité nationale — rien non plus qui éveille, en quoi que ce soit, le déplaisir de nos voisins [10].»

Mais peut-on être «patriotique» et ne pas éveiller «le déplaisir de ses voisins»? Quels sont les héros qu'on propose en exemple? Louis Hébert, le premier Français à prendre possession de la terre; Dollard, tué par les Iroquois, alliés des Anglais; les Patriotes, exécutés par les Anglais, etc. Cela pour dire qu'il n'y a pas de monument naïf. Tous les héros que l'on coule dans le bronze sont des héros qui ont tenu tête aux Anglais ou qui ont servi la politique impérialiste française. C'est donc ce genre de personnes — le plus souvent des hommes — que l'on cite en exemple à imiter. Tous ces monuments serviront à rappeler au peuple que le Québec est français et doit le demeurer.

En plus de cette parenté d'esprit, les monuments de Laliberté ont une parenté de traits, une ressemblance de famille. S'il en est ainsi, c'est qu'un même modèle a servi pour presque toutes les têtes de ses héros et que ce modèle est nul autre que l'artiste qui avoue: «L'artiste a une tendance à se copier, soit ses traits ou les proportions de sa taille. [...] Moi-même j'ai une tendance à copier ma tête ou y mettre quelque chose qui y ressemble beaucoup dans celles que je modèle [11].»

Pour composer le visage de Dollard, il semble, en effet, que Laliberté se soit inspiré de ses propres traits vers l'âge de vingt-cinq ans, âge auquel est mort le héros français, comme il l'avait fait pour la statue de Philippe Hébert, dévoilée en 1918. C'est d'ailleurs là un trait commun de son œuvre : tous les hommes lui ressemblent, mais à divers moments de son existence, ce qui assure fort heureusement une certaine variété.

Cette manie de l'autoportrait, qui est le trait distinctif de l'artiste et aussi la mesure de ses limites, si on le compare à son contemporain Louis-Philippe Hébert, est ce qui le met au rang des artistes romantiques, un des rares Québécois à l'être par son goût de l'épopée, son goût du tragique, son esprit de révolte, son goût de l'éloquence, pour ne pas dire «grandiloquence», et l'importance qu'il accorde au «moi».

Voir dans ce phénomène uniquement un exemple indécent d'égocentrisme serait ne pas comprendre la portée d'un tel geste. Laliberté s'associe, de fait, aux héros du passé, se nourrit de leur valeur, de leur courage, de leur gloire, au point de s'assimiler à eux totalement. Et c'est parce qu'il a réussi à s'identifier à eux qu'il leur donne une expression aussi tragique, aussi pro-

---

10. Benjamin Sulte, préface (août 1881) à son *Histoire des Canadiens français*, Montréal, Wilson, 1882, t. I, p. 6.
11. Alfred Laliberté, *op. cit.*, p. 197.

fonde, aussi vraie, comme s'il revivait le moment de leur existence qui le marque le plus et qu'il tentait de nous faire vivre la même expérience.

Cela fait que son art monumental en est un qui émeut, un art déchirant qui a été reconnu tel à une époque où on s'enthousiasmait pour l'histoire, d'où la grande popularité de cet artiste de formation académique, nourri aussi — fort heureusement — des œuvres de Rodin à qui il emprunte ces physionomies torturées.

C'est pourquoi je n'hésite pas à mettre, comme étant le plus révélateur de ses bronzes, *Le fils de ses œuvres* (après 1926), qui représente l'artiste en train de donner ses traits et son âme à la matière.

Rodolphe Duguay (1891-1973),
paysagiste par pudeur

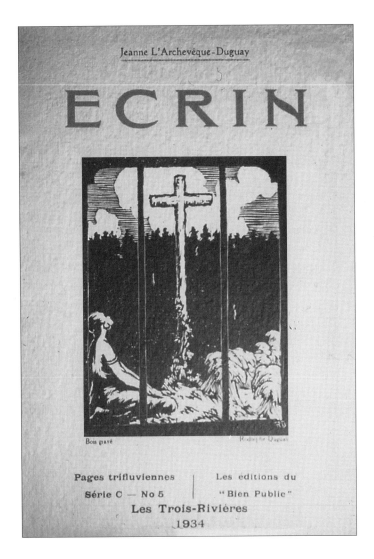

Rodolphe Duguay, [sans titre], gravure sur bois, maison Rodolphe-Duguay, Nicolet-Sud.

> [...] mon âme est beaucoup plus heureuse et
> jouit d'un bonheur beaucoup plus calme et plus
> saint en face d'un voluptueux coucher de soleil
> qu'en présence d'un beau corps nu.
>
> Rodolphe Duguay,
> *Carnets intimes*

Certains aiment croire que l'esprit révolutionnaire domine la mentalité de l'artiste. Ceci n'est certes pas le cas de Rodolphe Duguay qui refusa l'art de son époque auquel il avait été exposé durant ses années de formation à Paris, pour se replier au-dessus des sillons de sa terre natale où ses racines entraient si profondément dans le sol qu'il n'arriva jamais à lever de terre. C'est ce que nous apprennent ses *Carnets intimes* [1] qu'on lit pour y glaner les quelques renseignements qui s'y trouvent sur la condition de l'artiste au début du siècle, tant au Québec, où Duguay a été apprenti, qu'en France, où il s'est inscrit aux principaux ateliers de l'époque et à certains cours offerts à l'École des beaux-arts de Paris.

Tant qu'il était au Québec, apprenti chez Georges Delfosse puis chez Suzor-Côté, Duguay pouvait croire qu'il embrasserait la carrière de peintre d'églises, mais rendu à Paris il fut assailli de doutes : « Serai-je un peintre religieux ou profane ? J'ai idée de concentrer tous mes efforts pour devenir un peintre de Dieu [2] ». Deux semaines plus tard, il en arrive à croire que la peinture religieuse ne lui convient pas [3]. Que s'est-il passé ? C'est qu'entre-temps Duguay a fait l'expérience de la vie d'atelier dont il est resté quelques objets-témoins, des nus d'hommes et de femmes dans des poses variées qui, s'il faut en croire le jeune artiste de Nicolet, faisaient sur lui une impression si forte que son âme en était troublée. Pouvait-il, dans ces conditions, continuer de voir et de peindre des objets de désir ?

Duguay mit longtemps sa conscience à l'épreuve puisqu'il continua durant tout son séjour en France à dessiner et à peindre d'après le modèle,

---

1. Rodolphe Duguay, *Carnets intimes*, présenté par Hervé Biron, Montréal, Boréal Express, 1978, 271 p.
2. *Ibid.*, p. 118.
3. *Ibid.*, p. 119.

tout ce temps condamnant ses devanciers qui ne partageaient pas ses scrupules, au premier rang desquels il mettait Boucher, Fragonard et Watteau qu'il découvre et juge aussitôt avec une étroitesse d'esprit déconcertante :

> Savez-vous que je suis écœuré de ces scènes à la Boucher, à la Watteau. Ces mignardises me rendent furieux. J'en ai assez de ces amoureux qui, si gracieusement, prennent le petit menton de petites amoureuses ou encore de ces belles petites dames qui étalent leur beauté au grand soleil. Fragonard, élève de Boucher, nous a laissé de ces spécimens assez pour dégoûter toutes les générations futures [4].

Même ouverture d'esprit devant les œuvres de Rodin : « Pauvre Rodin d'avoir fait des choses si scandaleuses, car certains de ses dessins, sculptures, sont vraiment des choses que le public ne devrait pas voir. Mais, je ne conteste pas son talent, c'est un sculpteur [5]. » Cette condamnation, Duguay la fait au nom du « bien public », car, pour ce qui est de lui, rien ne l'empêchera de revoir ces artistes maudits : « Après dîner, allé voir l'exposition de Fragonard au pavillon de Marsan. Il est cochon, ce peintre, comme plusieurs d'ailleurs. Mon Dieu ! faites que j'emploie mes talents à faire des choses plus nobles. Rodin et Fragonard, deux cochons. Le mot n'est pas trop fort, mais ce sont des artistes, des maîtres malheureusement [6]. »

C'est donc par pudeur qu'en 1925 Duguay décide du choix de sa carrière :

> Enfin, je crois pour une autre fois avoir découvert ma vraie voie. J'ai réfléchi aux inconvénients d'avoir des modèles plus tard. Pour faire des personnages, il faut des modèles nus, et comment résoudre le problème à Nicolet…????? C'est bien mon talent aussi. J'entrevois que je réussirai dans le paysage. Mes derniers essais, quoique sans la nature, me laissent espérer le succès. Il vaut mieux devenir saint en faisant un paysage que de ne pas le devenir en faisant même des tableaux religieux. Qu'on dise ce que l'on voudra, un modèle nu est toujours une belle chose que l'on contemple non sans une certaine retenue de peur de ne pas manquer à son devoir, et mon âme est beaucoup plus heureuse et jouit d'un bonheur beaucoup plus calme et plus saint en face d'un voluptueux coucher de soleil qu'en présence d'un beau corps nu. Ce n'est pas pour moi un sacrifice de renoncer à cette étude car le paysage a depuis longtemps ma préférence. Mais… en serait-il autrement qu'il me semble que je devrais le faire. Comment se priver de la paix de la conscience durant toute une vie ? Ne serait-ce que pour éloigner les scrupules d'une âme délicate […] [7].

Pour comprendre cette confession d'une « âme délicate », il faut se mettre dans la peau du puritain qui incarne probablement assez bien la mentalité la plus répandue au Québec, à l'époque. Le premier à s'en être rendu

---

4. Rodolphe Duguay, « Lettre à sa sœur Florette et à son beau-frère » (3 mars 1922), citée par Hervé Biron dans l'introduction aux *Carnets intimes, op. cit.*, p. 26.
5. *Id., Carnets intimes, op. cit.*, p. 116.
6. *Ibid.*, p. 124.
7. *Ibid.*, p. 189.

compte fut sans aucun doute l'abbé Albert Tessier qui le rencontra à Paris, le 10 mai 1924. Quel rôle joua-t-il dans cette décision que Duguay ne prit que quelques mois après la visite que l'abbé lui rendit, au cours de laquelle l'artiste tourmenté dut lui faire part de ses scrupules ? Comme c'est l'abbé qui, de retour au Québec, l'appuya le plus, qui l'encouragea, qui le fit connaître, il est permis de croire qu'il se sentait, en partie, responsable de ce choix qu'il eut l'inspiration d'élever au niveau d'une vocation, ce que suggère Laurent Bouchard qui fait de l'artiste un célébrant : « Il vécut, dans le magnifique isolement d'un carré de ciel entouré d'arbres, sorte de lieu sacré où il célébra les heures et les saisons. Rite dont il répéta inlassablement le geste sans que jamais ne se tarisse en lui la source fragile de l'émerveillement [8]. » Cette célébration se traduit dans l'univers gravé de Rodolphe Duguay, par ses gros plans plaqués sur un horizon lointain, qui dit les rapports immédiats entre l'homme, lourdement ancré au sol, et Dieu qui est cet espace infini dont le regard est incessamment tourné vers lui. C'est ce qui fait de ces représentations chargées de sens des images pieuses, c'est-à-dire dictées par la piété de l'artiste plus encore que par la pitié qu'il pourrait avoir pour le mendiant, le Christ, le cheval saisis au moment où ils se sentent le plus abandonnés à leur sort, avant donc d'être recueillis par Dieu qui veille.

De cette œuvre pieuse, je ne retiens que les deux bois gravés qui illustrent *Écrin* paru aux éditions du Bien Public, à Trois-Rivières, en 1934, recueil de son épouse que résume une phrase : « Charmant tableau, grande leçon [9] ! » Les premières pages retracent les débuts de la colonisation à partir de Jacques Cartier jusqu'à la fondation de Trois-Rivières, au début du XVIIe siècle. La suite est une série de tableaux pieux tournés vers le passé, à une époque paradisiaque, serait-on porté à croire, alors que tout allait bien. Ce passé édifiant s'oppose au présent, alors qu'on néglige les vraies valeurs humaines. Le livre s'ouvre (« La Sainte Veilleuse ») et se ferme (« Devant le Crucifix ») sur un signe de croix, comme une prière, et c'en est une. On reconnaît, dans ce son de cloche, l'idéologie de la maison d'édition et de son directeur, l'abbé Albert Tessier.

Le bois gravé qui paraît sur la couverture et qui est repris sur le frontispice illustre le premier texte, un poème historico-religieux qui appartient plus à la légende qu'à l'histoire, voulant que le 7 octobre 1535 Jacques Cartier ait planté une grande croix sur le promontoire d'une des îles du Saint-Maurice, cette croix devenant dans l'esprit de l'auteure, « [l]'éternelle Veilleuse, de tout cet immense pays [10] ».

Le deuxième bois gravé illustre un texte en versets « claudéliens » qui porte sur ce que l'on trouve dans les greniers que l'auteure appelle « ravalements ». Il

8. Laurent Bouchard, « Introduction », *Rodolphe Duguay 1891-1973*, Québec, Musée du Québec, 1979, p. 9.
9. Jeanne L'Archevêque, *Écrin*, Trois-Rivières, Éditions du Bien Public, 1934, p. 79.
10. *Ibid.*, p. 7.

s'agit donc d'un autre texte dont le point de départ est le présent, mais qui force le lecteur à tourner son regard vers le passé, un passé, bien sûr, glorifié. En voici quelques extraits :

> Coins d'ombre et de mystère, les « ravalements » de nos vieilles maisons recèlent tout un passé, une vie simple et paisible.
>
> Les rouets, usés par des pieds laborieux, ne tournent plus, dans les « ravalements ».
>
> Ils s'ennuient des chants joyeux et cadensés de la fileuse, la vaillante fileuse d'antan.
>
> Ils rêvent de vie et de résurrection, quand un rayon de soleil pénètre par les fentes. [...]
>
> L'âme du vieux ber, captive dans les « ravalements » de nos maisons paysannes, se lamente. [...]
>
> Et les antiques jouets attendent la nouvelle génération. Les petits les rendront peut-être à la lumière ? [...]
>
> L'âme des vieilles choses attend la résurrection, dans les « ravalements » de nos maisons paysannes.
>
> Reliquaires [...] vénérés de la religion du passé[11].

Dans cette complainte où les choses se lamentent, les images religieuses se rapportent à des objets profanes, qui les valorisent donc et qui forcent le rapprochement entre « passé », « vie paysanne », « possession de la terre » et « religion », « foi ». Si le regard porte sur le passé, c'est que l'auteure est toute préoccupée de l'avenir. Son poème est une leçon pour la jeune génération, l'espoir de demain qui, l'espère-t-elle, redécouvrira les valeurs du passé et les fera siennes. L'illustration de Rodolphe Duguay sera reprise chez le même éditeur, en 1941, dans *Courriers des villages*, de Clément Marchand, qui rappellera discrètement le texte de Jeanne L'Archêque-Duguay[12].

Pour comprendre les illustrations de Duguay, il est bon de lire les œuvres qu'il a illustrées qui entrent dans l'idéologie dominante de l'époque, cléricale, agriculturiste, anti-moderniste, une idéologie qui résiste au changement puisque Duguay est à l'honneur lorsqu'en 1967 on inaugure la galerie de la Place des arts, que la Galerie nationale du Canada organise une exposition de ses gravures qui voyagera pendant deux ans, de 1975 à 1977, d'Ottawa à Halifax, à Rimouski, à Québec, à Paris, à Bruxelles et à Londres et que, le 24 juin 1977, on inaugure le musée Rodolphe-Duguay, à Nicolet.

---

11. *Ibid.*, p. 45-46.
12. Clément Marchand, *Courriers des villages*, Trois-Rivières, Éditions du Bien Public, 1941, p. 10 : « Quel habile paysan dégagea ton galbe élémentaire à même la bûche de hêtre et lui donna une aussi austère utilité ? Nul ne le sait plus, sinon tes contemporains relégués dans les ravalements, humbles témoins des temps révolus, sinon ce rouet boîteux [sic] qui a cessé de geindre ou ce métier tordu aux montures évidées. »

Comme on peut le voir, cette œuvre limitée à quelques images synonymes de « patrimoine », de terroir, reflet d'une ligne de pensée qui pouvait s'exprimer le plus librement dans une ville de province, loin des grands centres qui s'ouvrent plus facilement au cosmopolitisme, a bien servi l'Église et l'État — qui lui a décerné quantité d'honneurs (exposition rétrospective consacrée par un catalogue abondamment illustré, publication du journal et de lettres, inauguration d'un musée, chose rarissime au Québec), ce qui est la façon que les pouvoirs ont de récompenser une œuvre qui promeut l'idéologie la plus saine, la leur.

TROISIÈME PARTIE
L'art adulte

> La limite des moyens donne le style, engendre
> la forme nouvelle et pousse à la création.

> Georges Braque

Je regroupe, sous le titre commode d'«art adulte», les artistes qui ont remis en question l'art du passé comme celui de leur temps, parfois même leurs propres œuvres, chaque étape de leur carrière refusant en quelque sorte ou de quelque manière l'héritage des précédentes, comme le fils adulte, quittant la maison du père, s'en éloigne emporté par l'esprit d'aventure plus puissant que tous les regrets et toutes les servitudes.

L'artiste qui appartient à cette catégorie refuse d'être traité en enfant et cesse d'agir comme s'il en était un. Ce qu'il désire plus que tout, c'est établir un dialogue avec le pouvoir, mais à distance et d'égal à égal. Si cela ne se peut, il mettra en question l'autorité qui brime sa liberté, l'affrontera et ira même jusqu'à tenter de la supplanter, le pouvoir de création devenant parfois, entre ses mains, pouvoir politique. Ce rapport de forces crée de nouveaux conflits entre le Prince et l'Artiste[1], non résolus puisque nous les vivons.

---

1. Emmanuel Wallon (dir.), *L'artiste, le prince. Pouvoirs publics et création*, Québec, Musée de la civilisation de Québec/Presses universitaires de Grenoble, 1991.

John Lyman (1886-1967),
apolitique et engagé

The artist to-day finds no spiritual authority which he instinctively acknowledges. If he acknowledges any it is the authority of Art itself, which is mere wordy nonsense. Art is not an authority, it is the means by which authority may be revealed & expressed. So that the artist who is conscious enough to be capable of great art is inevitably involved in the endeavour to discover or to create the authority without which his activity as artist is either trivial or anarchic. [...] [Extraits de *Son of Woman*]

Hedwidge Asselin,
Inédits de John Lyman

Ni trivial ni anarchique, l'art de Lyman appartient à l'âge de raison, celui de l'artiste responsable, indépendant de toute autorité étrangère à la sienne. Et c'est parce qu'il se savait libre que Lyman a été le plus engagé des artistes de son temps. Son engagement a rendu possibles celui de Pellan comme celui de Borduas et de tous ceux qui les ont suivis dans le sentier étroit, devenu bientôt artère principale.

Né de parents canadiens d'origine américaine, John Lyman, orphelin de mère à l'âge de trois ans, a été élevé à Montréal par un père qui avait assez le goût du français pour le lui faire apprendre, jeune, et le motiver à le perfectionner, en lui faisant découvrir Paris, à quatorze ans.

Sept ans plus tard, le jeune homme y retourne s'inscrire à l'académie Julian plutôt que de se préparer, à Londres, à une carrière d'architecte ou de décorateur. L'homme d'affaires qu'était son père accepta cette réorientation qu'il appuya financièrement, laissant à son fils le loisir de mener une vie différente de la sienne. Autant de compréhension fit que le fils reconnaissant demeura étroitement lié à son père.

En 1910, il s'inscrit à l'académie Matisse :

Nothing could have been less academic than this nest of heretic fledglings, lodged in a disused convent under the trees of an ancient garden... Continental art teachers seldom criticize oftener than once a week; Matisse visited us only once a forthnight, and then his criticism usually took the form of a long chat about fundamental principles, and qualities. We are about fifteen in the school... Once Matisse invited us to his house at Issy-les-Moulineaux, the house with the large studio, where, besides the two versions of *La Desserte*, the *Red Interior*, and dozens of other well-known pictures, he painted *The Dance*, which was there at the time. Later I came to know the model with the glowing skin [...] whom Matisse had taken south with him in the Summer, and who, posing among green pines against the Mediterranean blue, had suggested the colour of *The Dance*[1].

Rien, après cette expérience, ne détournera Lyman de l'enseignement du maître, même pas les critiques sévères, impitoyables de Morgan Powell du *Montreal Star* qui ne lui reconnaîtra du métier qu'en 1925. Six ans plus tard, après avoir hérité de son père, Lyman décide, mais non pas sans hésitations, de s'installer à Montréal où commence sa vie « publique ».

Il met sur pied d'abord un atelier semblable à celui que Matisse avait à Paris. Cette école, qui faisait concurrence à celle des Beaux-Arts, devait élever les artistes montréalais au niveau des artistes français, en leur donnant une formation identique, libre donc de tout académisme. L'expérience ne dura que deux ans, de 1931 à 1933.

Cinq ans plus tard, Lyman réunit six peintres et forme le Groupe de l'Est puis, en 1939, la Société d'art contemporain (S.A.C.) qui compte dès lors vingt-six membres. Ces regroupements avaient pour buts d'organiser des expositions et de multiplier les lieux de rencontre entre artistes indépendants et amateurs ouverts à l'art de leur temps. C'était donner aux artistes ce que leur refusaient les académiciens que la S.A.C. n'admettait pas dans son sein. Pourquoi l'aurait-elle fait, elle dont les membres avaient été exclus des salons annuels exposant uniquement les œuvres des finissants et des anciens de l'École des beaux-arts de Montréal ?

Ce faisant, Lyman rompait le monopole de la culture qu'exerçaient les académiciens dans le domaine des arts visuels, en offrant au public des produits plus jeunes, plus frais et plus variés. Plus jeunes et plus frais puisque les maîtres dont se réclamaient ces artistes étaient les post-impressionnistes, les cubistes, les surréalistes..., bref, des artistes pour la plupart vivants dont la réputation n'était plus à faire dans les principaux pays occidentaux. Plus variés aussi puisque certains des artistes regroupés autour de Lyman venaient de divers pays d'Europe qui avaient adapté à leur façon les grands courants de l'époque.

Comme on était venu d'Allemagne, de Hongrie, de Pologne, de Roumanie, de Russie et d'ailleurs, tous voyaient d'un assez mauvais œil la peinture régionaliste — et surtout le discours qui l'accompagnait — qui correspondait, à leurs yeux, à un nationalisme outré, restreint, celui-là même qui nourrissait l'intolérance religieuse et raciale, à la source des conflits dont l'Europe était, à cette heure même, le principal champ de bataille.

---

1. John Lyman, « Adieu Matisse », *Canadian Art*, t. XII, n° 2, hiver 1955, p. 44-46.

Alors, autant que cela pouvait se faire, ils éliminaient du paysage son intérêt pittoresque, historique, culturel. Ils ne retenaient plus que l'émotion sentie devant lui, et c'était cette relation immédiate entre le sujet peignant et l'objet peint qui devenait le sujet véritable du tableau. Cette façon intimiste, anhistorique, apolitique de voir entrait en conflit avec l'idéologie cléricale et nationaliste qui faisait du paysage un territoire perdu aux mains des Anglais qu'il fallait maintenant reconquérir lopin par lopin et cultiver pour soi, un pays appelé à redevenir français et catholique, sanctifié par l'église de village jamais loin des terres, un pays comme l'avait si bien défini Louis Hémon, définition que Félix-Antoine Savard rappelait en 1937, en en soulignant les passages les plus pertinents.

Cette vision du monde et des choses était tout le contraire de celle de Lyman dont les paysages sont autant ceux du Québec que de l'Afrique du Nord, des Bermudes, de la Barbade, des paysages qu'il ne peut pas ambitionner de conquérir ou de posséder, des paysages avec lesquels il n'établit que des liens de sympathie fondés sur l'émotion du moment.

Pour partager son point de vue, le sien et celui de combien d'autres artistes montréalais qui ne pouvaient pas embrasser le programme de l'idéologie dominante qui les exclut d'office soit à cause de leur origine, de leur race, de leur religion ou de leur langue, il fallait créer de toutes pièces un espace culturel différent de celui qui existait. Ce fut la S.A.C. L'ennui, c'est que, en créant un espace culturel parallèle à celui de l'École des beaux-arts, Lyman s'en prenait aux racines même de la culture officielle, soit le pouvoir politique, puisque c'était le gouvernement du Québec qui nommait les professeurs, soit le pouvoir religieux qui, d'un coup de pinceau ou d'un trait de plume, disparaissait du tableau. Anglais, protestant, bourgeois, il était assez éloigné et indépendant du pouvoir pour ne pas le craindre. C'est tout à son honneur de l'avoir fait en « gentleman », sans hauts cris ni grands gestes. Quoique retenue, *proper* dirait Balzac, son intervention équivaut à une révolution puisqu'elle permettra les révoltes individuelles qui suivront immédiatement la dissolution de la S.A.C., en 1948, et qu'elle fera de Montréal, pendant de nombreuses années, le centre des arts non seulement du Québec, mais du Canada tout entier.

Alfred Pellan (1906-1988)
et le pouvoir de l'amour

L'humanité d'une œuvre dépend de cette double libération ; éviter le souci excessif d'être compris par tous, et le désir byzantin d'être compris d'un seul petit nombre.

Marcel Gromaire,
Peinture 1921-1939

Quand nous lisons dans *Prisme d'yeux* (1948) : « Nous cherchons une peinture libérée de toute contingence de temps et de lieu, d'idéologie restrictive et conçue en dehors de toute ingérence littéraire, politique, philosophique ou autre qui pourrait adultérer l'expression et compromettre sa pureté [1] », nous savons que nous sommes en face d'un document dicté par l'inexpérience, par un idéalisme à outrance, par la fougue et l'intransigeance de la jeunesse qui pense que tout est possible parce qu'elle se croit tout permis. Je ne mets pas en doute la sincérité de son auteur (Jacques de Tonnancour) ni des autres artistes qui partageaient ses audaces, mais il me faut bien reconnaître que, dans le cas d'Alfred Pellan, il y a un monde entre ce discours enflammé et la pratique engagée.

Libérée, la peinture de Pellan ? Que non. Pas plus que celle de ses prédécesseurs ni de ses contemporains. Très tôt, lui aussi a connu les restrictions imposées par les pouvoirs religieux et civils. On lui doit au moins une décoration d'église, celle de Saint-Césaire. C'est aussi lui qui a fait un tableau représentant la *Vocation de Catherine de Saint-Augustin* (1943) que conserve le monastère des Augustines de l'Hôtel-Dieu de Québec.

Ce sont des œuvres de commandes qui tiennent compte du temps et du lieu, tout comme *Beau port de mer* (1984) qui, comme son titre chantant l'indique, fête le 450e anniversaire du premier voyage de Jacques Cartier au Nouveau Monde. Ce n'est pas le seul tableau de circonstance à tenir compte des caprices, des exigences et des contraintes qui accompagnent toute œuvre de commande. Il y a, pour n'en nommer que quelques-unes parmi les plus en vue, les très grandes murales qui recouvrent deux pans de mur de la salle de référence de la Bibliothèque nationale à Ottawa, celle qui orne

---

1. *Prisme d'yeux*, cité par Germain Lefebvre dans *Pellan sa vie, son art, son temps*, La Prairie, Marcel Broquet, 1986, p. 112.

l'aérogare de Winnipeg et, mieux connu des Québécois, le vitrail qui égaie la Place des arts de Montréal, sans parler de la décoration intérieure et extérieure des bureaux et des entrepôts des entreprises Vermont Construction dans le parc industriel de Laval, à Chomedey (1970). La liste ne s'arrête pas là. Je pourrais l'étirer pour inclure *La magie de la chaussure* (1945), grand panneau devant servir à décorer le bureau de Maurice Corbeil, manufacturier de chaussures. Je pourrais aussi ajouter les deux panneaux muraux de l'ambassade du Canada à Rio, la murale du City Centre Building à Montréal etc. Mais, mon but atteint, je m'arrête : cela pour dire qu'un artiste tout libéré qu'il puisse se croire, finit toujours par servir les pouvoirs quels qu'ils soient, s'il veut vivre de son métier, ce qu'a fait Pellan, récipiendaire jusqu'à la fin de ses jours de nombreux prix et bourses, façons qu'ont les pouvoirs d'encourager et de récompenser ceux qui les appuient plutôt que de les bousculer et de risquer de les faire tomber.

Professeur à l'École des beaux-arts de Montréal de 1943 à 1952 par la volonté de Jean Bruchési, alors sous-ministre au secrétariat de la province, Pellan ne peut tout de même pas prétendre s'opposer au pouvoir établi qu'il sert on ne peut plus ouvertement et directement puisqu'il se met à sa solde. Qu'on ne prenne pas cela comme un reproche ; ce n'est que la constatation d'un fait. Un fait qui, selon moi, est dans le cas qui nous préoccupe sans importance aucune, puisque ce poste, ces commandes qui lui viennent de tous les milieux, c'est de l'alimentaire, rien de plus. Pellan s'en accommode, compte dessus même, ces revenus assurés lui permettant de réaliser presque à lui seul une révolution dans les arts au Québec.

Si Pellan a servi, comme nous venons de le dire, l'Église, l'État et les gens d'affaires, le pouvoir qui le domine plus que tous les autres, c'est celui de l'amour qu'il reconnaît, qu'il déshabille et qu'il expose dans toute sa majesté, sa violence et sa crudité.

Vient d'abord le refus du mythe, celui du paradis perdu que retrouve Pellan qui, dans *Adam et Ève* (1955), déculpabilise l'amour, en insistant sur le côté érotique de l'accouplement qui n'a, pour lui, rien de honteux puisqu'il se fait au grand jour, à l'ombre d'un arbre, sous la surveillance d'un serpent bienveillant qui tient la pomme entre ses dents, comme un fruit mûr qu'il est temps de croquer. Comme les vieux mythes ont la vie dure, Pellan y revient en 1962, avec *Adam et Ève et les diables* où le regard moins passionné, plus critique, a recours à l'humour pour renverser les valeurs reconnues, la première d'entre elles étant, au Québec, la chasteté.

Aux vierges d'antan, Pellan oppose une jeunesse toute nue (*Jeunesse*, 1960). À la dignité des bourgeoises pincées, le désir effréné de femmes aussi monumentales que la passion qui les picote comme dans *Quatre femmes* (1943-1947), également titré *Les nymphomanes*, car si la chose n'effraie pas Pellan, les mots ne lui font pas davantage peur. Le premier spectateur de ces scènes orgiaques, c'est l'artiste même qui occupe une place privilégiée au premier plan du *Tout immobile* (1950). Si ce n'est plus lui, c'est un autre lui-même qu'on retrouve dans *Sur la plage* (1953) lorgnant des femmes qui le gardent à distance, selon Reesa Greenberg[2]. J'y vois plutôt le désir qui monte en flèche : lèvres charnues de l'homme ; croissant de lune (attribut de la femme) dans la tête du voyeur, motif qui se multiplie comme des vagues sur tout son visage pour dire que cet homme « ne pense qu'à cela » pour la simple raison qu'il ne voit que cela, les croissants apparaissant sur chaque rondeur des femmes devant lui ; rougeurs aux joues et au front qui indiquent que la pression sanguine monte ; yeux entourés de rayons de soleil, pénétrants comme le regard qui brûle de désir. Ces femmes, qui frétillent d'anticipation, qui s'offrent au soleil, ne me paraissent pas du tout inaccessibles. Elles sont, au contraire, de la même pâte que lui, elles et lui dans le même four que réchauffe le soleil (en haut, à droite) et il suffira de peu pour parcourir la distance qui les sépare de la tête de l'observateur.

Ce sont les tableaux de ce genre, ceux que je viens de nommer et ceux qui illustrent *Les îles de la nuit* (1944) d'Alain Grandbois qui ont fait dire à certains critiques que Pellan avait apporté « quelque chose qui ne s'était jamais manifesté dans l'art québécois : la sensualité, l'expression charnelle[3] ». D'autres, bien sûr, avaient exploité le nu féminin : Morrice, Suzor-Côté, Laliberté, sans parler des contemporains comme Lyman, Cosgrove et Goodridge Roberts. Mais aucun n'avait osé exprimer sa sensualité avec la violence de Pellan qui, dans *Homme et femme* (1944-1946), représente le couple au moment de l'orgasme, lui, debout, tendu, un masque primitif dessiné sur la poitrine — ce qui fait de lui une nature sauvage que soulignent les motifs végétaux dessinés sur ses jambes —, le regard perdu, le sexe énorme, bien défini (verge et bourse) chargé de semences qui partent en flèche dans la direction de la femme disloquée qui se tord de plaisir.

Ces images tantôt énigmatiques, mais le plus souvent enjouées et parfois crues, relatives aux relations hétérosexuelles, sont les plus révélatrices de Pellan et ont été perçues à l'époque, soit à partir de 1944, comme libératrices. Mais la libération qu'elles ont apportée pourrait être de courte durée, le discours officiel ayant, de nos jours, tendance à censurer l'expression de la sexualité masculine. Si le silence se fait sur pareils tableaux, il ne restera

---

2. Reesa Greenberg, « Surrealist traits in the heads of Alfred Pellan », *Journal of Canadian Art History / Annales de l'art canadien*, vol. III, nᵒˢ 1-2, 1976, p. 57-58 : « *Sur la plage* [...] embodies a theme of paramount interest to the Surrealists : the importance of love and desire as an essential part of man's life. In Pellan's version of the subject, man is an outsider in this world of potential joy and fulfillment. Located on a plane in front of the females, the male is visibly divorced from them. His melancholy and withdrawn expression testifies to a lack of hope in partaking of the uninhibited female world behind him. Static and rigid, the male head contrasts with the writhing, floating female nudes, asserting isolation through disproportionate size. Yet the possibility of male contact with the female figures is not totally excluded. Integrated into the composition by the pervading, multi-patterned design, the male is visually associated with them. »
3. Jacques Folch-Ribas, « À l'origine de l'explosion picturale au Québec », *Vie des arts*, nᵒ 44, automne 1966, p. 33.

plus de l'héritage de Pellan, dans le domaine public, que ses œuvres de commande, ses panneaux décoratifs et quelques compositions dont le sens demeure trop obscur pour déplaire aux philistins et aux puritains. Et, après lui avoir enlevé ce qu'elle a de profond, son humanité, on risque fort, en la réduisant à ce qu'elle a de moins substantiel, sa virtuosité, de la juger superficielle, ce qu'elle n'est pas, ce qu'elle n'a jamais été, mais ce qu'elle risque fort de paraître.

L'étoile de Paul-Émile Borduas
(1905-1960)

> Il y a des étoiles si éloignées de la terre que leur lumière n'est pas encore parvenue jusqu'à nous.
>
> François-René de Chateaubriand,
> *Mémoires d'outre-tombe*

Dans les relations maître-élève, vient le moment difficile où le bon élève dit au maître : « Merci — s'il est poli — de m'avoir appris ce qu'il ne faut pas faire ou, plus exactement, ce qu'il ne faut *plus* faire. » Rupture brutale, définitive, mais rupture nécessaire si l'on ne veut pas se contenter de reprendre les travaux d'un autre, si l'on tient à faire une œuvre qui soit sienne. C'est à ce prix que l'on passe de l'état d'apprenti à celui de maître ou, si l'on préfère, de celui d'enfant à celui d'adulte, et c'est toujours un peu de soi qui paie la note. Renoncer au passé, qui est sûr, pour un avenir toujours incertain, dès qu'on s'éloigne des sentiers battus, et le voir plus beau que le vécu, cela s'appelle prendre les dispositions essentielles pour faire une œuvre inédite, remplie de risques. Comme Borduas a été, au pays, l'un des premiers à le faire et comme son exemple est le plus frappant, le plus éloquent, le plus fulgurant de l'histoire des arts au Québec, on n'a pas fini de le citer.

Paul-Émile Borduas est né sous une bonne étoile, le jour de la Toussaint 1905, à Saint-Hilaire, petit village dont la modeste église est richement ornée des décorations d'Ozias Leduc :

> [...] de ma naissance à l'âge d'une quinzaine d'années ce furent les seuls tableaux qu'il me fut donné de voir. Vous ne sauriez croire combien je suis fier de cette unique source de poésie picturale, à l'époque où les moindres impressions pénètrent au creux de nous-mêmes et orientent à notre insu les assises du sens critique... Ce sera étrange pour quelques-uns d'entendre que je sois resté fidèle à l'essentiel de ces premières impressions. J'en suis convaincu, toutes les admirations picturales subséquentes ont dû s'accorder avec elles : qu'on le croie ou non [1].

Je lui dois ce goût de la belle peinture avant même de l'avoir rencontré.

---

1. Paul-Émile Borduas, « Quelques pensées sur l'œuvre d'amour et de rêve de M. Ozias Leduc », *Écrits I*, édition critique par André-G. Bourassa, Jean Fisette et Gilles Lapointe, Montréal, P. U. M., 1987, p. 512.

Je lui dois l'une des rares permissions de poursuivre mon destin. Lorsqu'il devint évident que je miserais sur des valeurs contraires à ses espoirs, aucune opposition, aucune résistance ne se fit sentir ; sa précieuse et constante sympathie n'en fut pas altérée...

Je lui dois, on n'en finit jamais de l'acquérir tout à fait, le goût du travail soigné...

Je lui dois enfin de m'avoir permis de passer de l'atmosphère spirituelle et picturale de la Renaissance au pouvoir du rêve qui débouche sur l'avenir [2].

La dette de Borduas envers Ozias Leduc est, en effet, immense. Il lui donna, très tôt, le goût de la peinture, il lui apprit le dessin (1921), il fit de lui son apprenti (en commençant par la décoration de la chapelle privée de l'évêque de Sherbrooke, 1922), il le prépara à la carrière de peintre d'églises en le présentant aux ecclésiastiques influents (Mgr Laroque, Mgr Maurault...) et il le poussa, en 1923, à s'inscrire à l'École des beaux-arts de Montréal, ce qui, grâce au diplôme, lui ouvrirait plus de portes, dont celles de l'enseignement.

Professeur dès la fin de ses études, en 1927, Borduas n'en poursuit pas moins sa carrière de décorateur d'église, puisque Leduc lui fournit l'occasion de collaborer avec lui à la décoration du baptistère de l'église Notre-Dame, à Montréal, et il se lance, à l'automne de la même année, dans une nouvelle voie, celle de peintre de chevalet, en participant pour la première fois à une exposition, *Exhibition of Works by Canadian Artists*, chez Eaton. Aussi bien dire que, à vingt-deux ans, tout lui sourit, qu'un bon vent souffle dans ses toiles.

Le vent change de direction l'année suivante alors que Maillard lui souffle son poste pour l'offrir à l'un de ses protégés. Mais l'étoile de Borduas n'en continue pas moins de monter. Ce qu'elle perd, en prenant de l'altitude, c'est un peu de son éclat, car les «bourses de perfectionnement», les fonctions, les prospérités et les honneurs qu'il accumule, de 1928 à 1948, ne lui apportent que des bonheurs d'occasion. Son enseignement, l'enquête qu'il fit avec Jean-Marie Gauvreau sur l'artisanat au cours des étés 1938 et 1939 qui aboutit à la publication d'*Artisans du Québec* [3], sa famille, la vice-présidence puis la présidence de la Société d'art contemporain, ses disciples mêmes lui deviennent des liens, des entraves, des boulets alors que, chez lui, un besoin se fait sentir plus pressant que tous les autres, y compris la sécurité de l'emploi et l'affection de sa femme et de ses enfants : la liberté.

Pour l'obtenir, il fallait renoncer à tout, ce qu'il commence à faire à partir de 1948. C'est lui qui coupe un premier pont, celui qui le reliait à la Société d'art contemporain [4], mais c'est le gouvernement Duplessis qui le met à la

---

2. *Ibid.*, p. 513.
3. Jean-Marie Gauvreau, *Artisans du Québec*, Trois-Rivières, Éditions du Bien Public, 1940, 231 p.
4. Paul-Émile Borduas, « Lettre à Fernand Leduc » (16 février 1948), citée par Fernand Leduc dans *Vers les îles de lumière. Écrits 1942-1980*, LaSalle, Hurtubise HMH, Cahiers du Québec, coll. «Textes et Documents littéraires», 1981, p. 244 : «Après m'être emparé [de la S.A.C.] sans le vouloir (exactement m'en retirer), être devenu le président, le lendemain matin

porte de l'École du meuble. Ensuite, Borduas, abandonné par sa femme (1951), s'éloigne du Québec (1953)[5], puis de l'Amérique (1955), non sans avoir auparavant rompu avec ses anciens disciples (1955) : « [...] rompre, dira Borduas, signifie [...] suppression totale en moi-même de ces personnes. Aucun contact ne peut plus exister après la rupture, même pas les liens de la bataille[6]. »

Il ne faudrait cependant pas croire que Borduas, qui se voit en héros tragique, seul contre le destin qui s'acharne contre lui, ait été complètement abandonné, oublié, proscrit. Au contraire, il remporte le prix Jessie Dow de la peinture au Salon du printemps 1949, ce qui était une sorte de réhabilitation aux yeux du moins des collectionneurs et des conservateurs de musées ; de New York, il envoie régulièrement des tableaux à Montréal qui y sont exposés tantôt à la galerie L'Actuelle, tantôt à la galerie Dominion, tantôt encore à la galerie Agnès Lefort ; il continue aussi de représenter le Canada aux grandes expositions d'art canadien à Londres, à Bruxelles, à Düsseldorf.

Quand il quitte l'Amérique au profit de la France, Borduas est accompagné de sa fille Janine, qui était d'abord venue le retrouver à New York. C'est ainsi que l'artiste renoue un peu avec son passé, se recompose une identité : « Je me suis reconnu de mon village d'abord, de ma province ensuite, Canadien français après, plus Canadien que Français à mon premier voyage en Europe, Canadien (tout court, profondément semblable à mes compatriotes) à New York, Nord-Américain depuis peu. De là, j'espère "posséder" la Terre entière[7] », écrit-il en 1959. De dépossédé qu'il était hier encore, le voici prêt à posséder la Terre comme s'il entrevoyait l'objet de sa quête qui le lui permettrait. Il n'était pas trop tôt : Borduas devait rendre son dernier souffle treize mois plus tard, ayant réalisé une œuvre qu'il avait depuis longtemps consacrée à une meilleure compréhension de lui-même, comme il le dit clairement, quelques mois avant sa mort : « Pousser encore plus loin mes recherches ; tous mes tableaux ne sont faits que pour ma propre connaissance[8]. »

La question demeure : qu'a-t-il appris ? *L'étoile noire* (1957), que François-Marc Gagnon considère « comme le chef-d'œuvre de Borduas[9] »,

---

j'écrivais une lettre d'adieu à Lyman, à Gagnon et donnais ma démission de la société devant le manque d'enthousiasme et d'ardeur du conseil, dont le désir d'entrer en composition avec les éléments morts de la société m'était intolérable. »

5. Paul-Émile Borduas, « Lettre à Fernand Leduc » (20 juin 1952), citée par Fernand Leduc dans *Vers les îles de lumières. Écrits 1942-1980, op. cit.,* p. 269 : « Je jette du lest : la maison est bazardée, les meubles aussi ; mes livres trouvent refuge dans des greniers amis. Bientôt, je n'aurai plus qu'un petit nombre de toiles et léger comme un vagabond j'entreprendrai, à petits pas, le tour de la terre... »
6. Paul-Émile Borduas, « Ce n'est pas encore tout à fait ça », *Écrits I,* p. 508.
7. Paul-Émile Borduas , « Lettre à Claude Gauvreau (19 janvier 1959), citée par François-Marc Gagnon dans *Paul-Émile Borduas (1905-1960) Biographie critique et analyse de l'œuvre,* Montréal, Fides, 1978, p. 457.
8. Paul-Émile Borduas, cité par Guy Robert dans *École de Montréal,* Montréal, Centre de psychologie et de pédagogie, coll. « Artistes canadiens », 1964, p. 17.
9. François-Marc Gagnon, *Paul-Émile Borduas,* Montréal, Musée des beaux-arts de Montréal, 1988, p. 392.

nous fournit un indice. « En 1957, précise F.-M. Gagnon, deux facteurs nouveaux caractérisent la production de Borduas : son inspiration devient volontiers cosmique, et le brun, puis le rouge et le bleu, s'ajoutent au noir. *L'étoile noire* illustre bien l'un et l'autre changement. » Cela est vrai, mais encore faut-il voir ce que ce tableau ajoute à la connaissance de l'artiste, comment, en un mot, elle répond à son but premier.

Rendu à Paris, Borduas sent qu'il est arrivé à l'apogée de sa carrière. Aussi crée-t-il ses tableaux les plus émouvants, parce que les plus profonds, les plus intérieurs, les plus révélateurs. Cette étoile noire, c'est la bonne étoile qui veillait à sa naissance, qui veillait à son destin. Elle est maintenant brûlée, mais elle est à son zénith. C'est ce qui en fait une métaphore de l'artiste. Et c'est ce qui fait de *L'étoile noire* le chef-d'œuvre de Borduas qui se présente brûlé mais très loin, très haut dans un univers dont il est, à ses yeux, la seule étoile, un soleil noir à la veille de quitter « ce monde pour en illuminer un autre [10] ». Portrait plein d'orgueil, si l'on veut, mais avant tout portrait de romantique désespéré comme en a laissé Chatterton, conscient, comme lui, de sa valeur comme il l'était aussi de sa solitude.

---

10. Jean Chevalier et Alain Gheerbrant, « Soleil », *Dictionnaire des symboles*, Paris, Seghers, 1974, t. 4, p. 221.

Les *Métaphores* de Sorel Cohen

La métaphore est le processus rhétorique par lequel le discours libère le pouvoir que certaines fictions comportent de redécrire la réalité.

Paul Ricœur,
La métaphore vive

La copie a toujours fait partie de l'apprentissage des artistes. Ce qui est nouveau, chez Sorel Cohen, c'est l'abréaction. Non contente d'imiter telle ou telle œuvre qui sert de jalon à l'histoire de l'art, elle recrée aussi l'ambiance dans laquelle sont nés certains tableaux de Courbet, de Delacroix, de Goya, d'Ingres ou de Manet et capte la scène avec son appareil. Toute la scène, sous tous ses points de vue, se donnant tous les rôles pour mieux saisir le moment de la création. Cette reconstruction spatiotemporelle fait de ses œuvres de savantes mises en scène qui lui permettent de revivre le passé, de lui enlever la couche de vernis dont l'ont recouvert les historiens de l'art, pour découvrir la peinture, la toile, le coup de pinceau, la passivité du modèle, le travail de l'artiste. Travail de démythification, puisque tout se résume à des procédés qu'on peut répéter et multiplier à l'infini, ce qui est le propre de la photographie.

Des œuvres comme *An Extended and Continuous Metaphor #6* sont auto-suffisantes. À l'intérieur de leur cadre se joue le drame de la création artistique, et ce drame se joue à huis clos. Tous les acteurs y sont : le modèle, l'artiste et le spectateur. C'est complet. Tout autre spectateur, qui se situe nécessairement hors du tableau, est de trop, et sa réflexion ne change rien à ce qu'il voit, puisque le tableau comporte son propre commentaire.

Ceci en fait une œuvre fermée et nous ramène inconsciemment au monde fermé des monastères qu'elle évoque par sa division tripartite, le triptyque ayant dans l'histoire de l'art occidental une connotation essentiellement religieuse. Seules entrent dans les lieux de silence de Sorel Cohen celles que l'abbesse agrée. Les autres peuvent en faire le tour, mais n'y entrent pas. Aux monastères du mont Athos dont l'accès est défendu aux femmes, répondent les *Métaphores* de Cohen qui excluent les hommes. Mais alors que le mystère règne toujours dans les monastères de la presqu'île grecque, il ne reste, dans ces œuvres de Cohen, que le formalisme des grandes cérémonies dont elle a démonté tous les ressorts.

La lentille de Cohen, qui fige dans des instantanés des chefs-d'œuvre qu'on croyait éternels, retire tout le sens/sang originel de ces tableaux de maîtres. Les copies qu'elle en fait montrent que n'importe quelle œuvre maîtresse est destinée à devenir académique. Et, en la reproduisant par la photographie, Cohen banalise l'image de ce qui était, à l'origine, exceptionnel.

Ce parti pris fait que son art est à la limite du genre, puisqu'il est avant tout réflexion sur l'art, métalangage, usant de techniques artistiques modernes pour faire le procès de l'art ancien, citant pour mieux confondre, pastichant pour faire ressortir ce qu'il y a de procédé dans toute fabrication artistique, refaisant ce qui a été fait, non pas pour faire mieux ou pour rajeunir, mais bien pour montrer l'imperfection des prétendus chefs-d'œuvre que Cohen dégrade ainsi. J'ai dit « refaire », mais « défaire » serait plus juste, plus dans l'esprit moqueur, irrespectueux, iconoclaste de l'artiste qui décompose le chef-d'œuvre reconnu pour que le message, que soutenaient tant de savants échafaudages, tombe dans le vide.

Si l'œuvre de Cohen est un miroir, comme le prétend Gilles Godmer [1], c'est un miroir dans lequel le spectateur ne se regarde pas, mais qu'il traverse pour découvrir le monde d'Alice/Cohen, un monde à l'envers de celui qui nous est connu et familier, un monde où seule la présence de la femme se fait remarquer, puisque c'est elle qui tient tous les rôles, un monde onirique donc où la réalité n'est qu'une autre forme de rêve. Dans ces conditions, il ne peut pas y avoir de distinction entre l'objet rêvé et le sujet qui le rêve, les signes renvoyant nécessairement aux limites du sujet qui est l'univers entier de son rêve dont il agence les divers éléments pour donner, à ses images, la cohérence de sa pensée critique et analytique.

Comme il n'y a qu'un personnage — Sorel Cohen — qui tient tous les rôles, ces *Métaphores* sont tout à fait de notre époque où chacun se replie sur lui-même au fond de sa chacunière, refusant d'ouvrir la porte aux autres qui n'ont qu'à faire comme lui. Ces œuvres, qui se passent fort bien des autres, sont à l'image de notre société d'où l'on a banni les sentiments profonds, les engagements durables, les liens responsables pour jouir seul dans son bain tourbillon, devant sa vidéo, laissant à son répondeur le soin de filtrer les appels de l'extérieur.

1. Gilles Godmer, « Le regard spéculaire de Sorel Cohen », *Sorel Cohen*, Montréal, Musée d'art contemporain, 1986, p. 7-11.

Les délices du jardin de Melvin Charney

Melvin Charney, *Temple-silo*, colonne allégorique, jardin du Centre canadien d'architecture, 1987-1990, qui fait un rapprochement entre les silos à blé de Montréal et les colonnes du Parthénon d'Athènes.

L'art dans la société contemporaine est un véritable gouvernement. Il modifie l'esprit de l'élite.

Marcel Gromaire,
Peinture 1921-1939

Avant 1986 les installations de Melvin Charney étaient éphémères, certaines, comme *Les maisons de la rue Sherbrooke* (1976), plus encore que prévues, la leçon que Charney avait voulu servir au maire Jean Drapeau lui ayant attiré les marteaux des démolisseurs que l'architecte avait justement et à juste titre dénoncés. Depuis cette date, le pouvoir ayant changé de mains, les discours allégoriques de Charney demeurent de façon plus permanente sur la place publique, d'abord à Ottawa où on lui confia le monument pour les Droits de la personne qui occupe une place privilégiée au centre de la capitale, donc symboliquement au centre du pays, mais ce « mémorial [...], hommage aux droits de la personne et [...] expression de l'aspiration universelle à la paix [1] », se trouve, comme je l'ai déjà signalé, « dans un creux par rapport au cénotaphe et plus bas encore, par rapport aux édifices du Parlement d'où, réellement et symboliquement toujours, on ne peut pas le voir [2] ».

Cette œuvre aussitôt terminée, Charney se lance dans un autre projet qui répond mieux à ses préoccupations professionnelles, celui du jardin du Centre canadien d'Architecture (CCA).

Le jardin de Charney est doublement métaphorique. C'est une métaphore de la ville qu'on regarde et de la ville d'où l'on regarde, le jardin en surplomb, lieu de recueillement, renvoyant au belvédère de la montagne et à celui, moins connu, de Westmount qui offrent tous deux une vue étendue sur la ville en contrebas. Mais c'est aussi, par ses colonnes anthropomorphiques, une métaphore de chaque habitant de la métropole québécoise et de ceux qui n'y sont que de passage, chacun de nous étant sujet regardant, curieux, les yeux ouverts sur tout et, à la fois, objet regardé, curiosité, attirant sur soi le regard des autres.

---

1. Alessandra Latour, « Objet et objectivation de l'architecture », *Paraboles et autres allégories. L'œuvre de Melvin Charney 1975-1990*, Montréal, CCA, 1991, p. 16.
2. Pierre Karch, « Les souvenirs spatialisés de Melvin Charney », *Vie des arts*, vol. XXXVI, n° 146, printemps 1992, p. 56.

Le site (boulevard René-Lévesque entre la rampe d'accès à l'autoroute Ville-Marie et la rampe de sortie de la rue Guy), le jardin qui prolonge le terrain du CCA et les dix colonnes allégoriques ayant été décrits et commentés par Charney [3], il ne me reste plus qu'à attirer l'attention sur la rangée de dix-huit flèches fixées dans la pierre du parapet [4], dont quinze ciblent autant d'objets qui donnent de l'âge et du caractère à la Petite-Bourgogne, alors que les trois autres pointent l'une vers l'est, l'autre vers l'ouest et la dernière vers le nord. Avec ces flèches, le jardin rejoint toute la ville, du mont Royal au Saint-Laurent, du Vieux-Port à Westmount.

Dix-huit n'étant pas un chiffre particulièrement significatif, quiconque entre dans le jardin peut sortir tant de flèches qu'il veut de son carquois et viser les sites de son choix : un condominium de l'Île-des-Sœurs, les clochers de l'église Saint-Zotique, tel triplex où habite une de ses connaissances, un restaurant, une banque, une pharmacie qu'il fréquente. C'est à quoi nous invitent les espaces entre les flèches du parapet, tout vide demandant à être comblé. Ainsi chacun participe à l'édification de ce jardin, en y mettant du sien, en faisant de ce jardin public un jardin secret. Une des flèches que je ne manque jamais d'y ajouter quand j'y suis, par exemple, pointe dans la direction de l'église Saint-Henri, au 872, rue du Couvent (1921-1923), autrefois église Saint-Thomas-d'Aquin. Si cette église a pour moi une importance toute particulière, c'est que son architecte est mon grand-père, Joseph-Albert Karch. C'est aussi dans cette église que je retrouve Rose-Anna Lacasse venue y méditer sur ses malheurs, vers la fin du septième chapitre de *Bonheur d'occasion*. Souvenirs de lecture, souvenirs de famille, journal intime dont les pages se mêlent à celles de l'histoire du pays et de tout un peuple, tout est là pour qui sait voir.

C'est ce que Charney, professeur à l'Université de Montréal, nous enseigne en isolant, de la ville insaisissable dans son tout, quelques éléments qui servent d'exemples, qui donnent de l'ordre à ce qui en manque, qui facilitent ainsi notre lecture de la ville, de son passé, de son présent et de son avenir. Ce faisant, il attire notre attention sur la valeur historique des édifices qu'il pointe, sur l'architecte qui en est responsable, sur le style architectural, sur la valeur de l'édifice comme type architectural, donc comme représentant une certaine façon de vivre.

Des édifices à valeur historique que cible Charney, je retiens le Grand Séminaire de Montréal, qui, à cause de son site et des tours des messieurs de Saint-Sulpice, renvoie nécessairement à la fondation de la ville, puisqu'on ne peut pas penser aux sulpiciens sans penser aux premières années de Ville-Marie. Ainsi cet édifice, quoique datant du XIXᵉ siècle, renvoie à tout ce qui est « sulpicien » à Montréal, à commencer par le Vieux Séminaire (1683),

---

3. Melvin Charney, « Un jardin pour le CCA », *Paraboles et autres allégories. L'œuvre de Melvin Charney 1975-1990*, *op. cit.*, p. 182-193.
4. Ces flèches ont récemment disparu.

au 116, rue Notre-Dame Est, d'autant plus que c'est à François Vachon de Belmont que nous devons les rénovations de 1705, qui en font un « hôtel particulier » dans le goût de l'époque avec son parterre devant et son jardin derrière, disposition qu'a également adoptée le CCA.

À cause des tours de François Vachon de Belmont où Marguerite Bourgeoys a enseigné, on pense aussitôt aux autres sites qui conservent, à Montréal, le souvenir de la religieuse, dont la Maison Saint-Gabriel (1698), au 2146, rue Favard, où les dames de la Congrégation recevaient naguère les « filles du Roy » et où, depuis 1966, elles reçoivent les quelques rares visiteurs venus admirer un des plus précieux petits musées du pays, puisque le mobilier qu'on y expose est celui qui a été fait pour *cette* maison.

Des architectes que signale Charney, je choisis celui de l'église Saint-Joseph de Montréal, Victor Bourgeau (1809-1888). Une fois qu'on a le nom de cet architecte autodidacte en tête, on peut passer la ville au peigne fin pour découvrir ce qu'il reste de ses œuvres, ne serait-ce que pour voir si l'église Saint-Joseph est typique ou exceptionnelle. On découvre alors que l'on doit à Victor Bourgeau la chapelle de l'Hôtel-Dieu (1859) et les pavillons de l'hôpital de style néoclassique ; la cathédrale de Montréal (1870-1894), dans le style Renaissance italien, puisque c'est une copie de la basilique Saint-Pierre de Rome ; la maison mère (1869-1871) et la chapelle des sœurs Grises (1874-1878), dans le style roman, où l'on vénère les restes de mère d'Youville, fondatrice de l'ordre ; l'église Saint-Pierre-Apôtre (1851-1853), à l'angle de la rue de la Visitation et du boul. René-Lévesque, dans le style néogothique ; l'église Saint-Jacques réduite à deux portes du pavillon Judith-Jasmin de l'UQAM, à l'angle des rues Sainte-Catherine et Saint-Denis. On pourrait aussi parler des édifices profanes dont il a dessiné les plans, comme le complexe du 85, rue Saint-Paul Ouest (entrepôt et boutiques), rénové et converti récemment en condominums.

Des styles architecturaux retenus, signalons celui du marché Atwater qui rappelle tous les édifices construits vers la même époque, dans le style Art déco, trop nombreux pour les nommer, tout comme les maisons triplex en pierre grise.

Ceci pour dire qu'on n'en finit pas de faire des découvertes dès qu'on se met à penser à un édifice comme « exemple » de quelque chose de plus vaste que lui, dès qu'un édifice devient une métaphore de la ville. C'est ce qui est particulièrement stimulant dans la lecture de ce jardin dont les délices sont, à la vérité, inépuisables comme le sont celles des jardins allégoriques européens qui renvoient à un texte édifiant, religieux, mythologique ou galant.

Le jardin du CCA s'inscrit, en effet, dans cette tradition, mais il s'en distingue aussi par son référent, puisque c'est un monument érigé, non pas à la mémoire des dieux ou des hommes, mais à la gloire d'autres monuments avec lesquels il établit un dialogue, à la fois dithyrambique et critique, puisqu'il y a de l'humour dans cette apothéose des genres qui s'élèvent comme des bustes de sénateurs sur leur socle posé entre une toile de fond reproduisant, en partie, la façade de la maison Shaughnessy et, au pied de l'escarpement, un quartier détruit dont il reste peu de vestiges, mais assez importants pour qu'on les signale, pour qu'on en parle, pour qu'ils nous racontent, par bribes, la vie d'une ville dont les souvenirs s'inscrivent dans la pierre.

Symboliquement, l'hôtel de ville, d'où sont venus tant de projets contraires à l'esprit de ce jardin, n'est pas visible du parapet d'où partent les flèches qui prolongent la vie de ces monuments qui ne sont pas tombés dans la mêlée, aujourd'hui ciblés, de part et d'autre, par les détenteurs de pouvoirs radicalement opposés.

Conclusion

On jugera d'une culture à ce qu'elle aura été
capable de produire.

Olivier Revault D'Allonnes,
La création artistique et les promesses de la liberté

«[...] la Royauté a compris que l'art, sur toutes ses formes, servait à l'établissement de la puissance, aidait au rayonnement d'une caste ou d'un homme, qu'il pouvait devenir l'illustration de l'État[1].» C'est cette réflexion de Jean Duvignaud portant sur le Roi-Soleil que nous avons tenté d'illustrer en parlant du buste de Louis XIV, au début de notre étude. Mais le sens d'une œuvre évolue avec le temps et, à une époque donnée, telle œuvre, ne faisant pas unanimité, peut interpeller divers spectateurs de façons différentes.

Par exemple, si pour certains aujourd'hui, le buste de Louis XIV est un rappel sentimental, nostalgique de la Nouvelle-France, il est, pour d'autres, soit un petit bronze sans importance, soit une attraction touristique autour de laquelle on groupe les enfants pour faire une photo souvenir, ou encore un authentique chef-d'œuvre, l'élément unificateur de la place Royale dont il fait figure de clef de voûte. Sollicité par l'œuvre d'art, chacun réagit selon son engagement. C'est du moins ce qu'affirme Jean Duvignaud qui s'appuie ici sur Kant : «Kant estime que la création artistique, du moins quand nous en contemplons les effets, nous engage : nous nous sentons injuriés au plus profond de nous-même si un passant, devant la *Joueuse de flûte* de Rousseau, hausse les épaules et se moque : c'est nous qu'il injurie[2].»

La thèse est séduisante, mais est-elle aujourd'hui aussi convainquante qu'alors ? Prenons un autre exemple, plus près de nous, celui-ci. Si un passant

---

1. Jean Duvignaud, *Sociologie de l'art*, Paris, Presses universitaires de France, 1967, p. 110-111.
2. *Ibid.*, p. 3.

saluait le monument à la reine Victoria de la princesse Louise, les descendants spirituels des Patriotes qui ont été pendus, tout près, en son nom, y verraient-ils une injure ? Encore une fois, je dirais que cela dépend, pareils monuments que nous croisons dans la rue, semblables icônes qui nous sont familières comme le profil de la reine sur les timbres-poste ou sur les pièces de monnaie et les billets de banque, touchant chaque individu de façon particulière. Règle générale, nous sommes plus « cool » que nos ancêtres, même s'il arrive que certains éléments de la population s'échauffent encore en présence de monuments plus chargés que d'autres de valeur émotive. C'est sans doute ce qui explique que, depuis le monument, ironiquement sobre, de Maurice Duplessis sur la Grande-Allée à Québec, œuvre d'Émile Brunet, le pouvoir politique évite, dans les commandes qui le glorifient en le justifiant, le genre réaliste, photographique, au profit de monuments au contenu tellement hermétique ou personnel que, ne sachant quoi en penser, on n'y fait plus attention, d'où l'importance, pour les artistes, de faire leur propre battage publicitaire, en s'expliquant et en se racontant dans des essais et au cours d'interviews, réduisant souvent ainsi le rôle du critique d'art à celui de simple journaliste[3].

Cet art, complaisant, s'inscrit parfaitement dans le troisième courant que nous avons identifié et étudié, l'indifférence qui l'entoure étant, aujourd'hui, marque de maturité. D'un art de soumission, nous sommes graduellement passés à un art de révolte ou du moins d'indépendance, avec tout ce que cela implique de romantisme, de fougue et d'arrogance, avant d'aboutir à un art sans tension sensible[4] puisqu'il n'y a plus de rencontre conflictuelle entre les pouvoirs que sépare une administration bienveillante, mais de plus en plus encombrante, et une critique qui accueille toute production artistique avec la même indulgence, comme le Musée d'art contemporain a avalé sans discernement la totalité de la collection Lavalin.

---

3. « [...] l'art moderne tout entier, du fait de ses productions expérimentales, est fondé sur l'effet de distanciation et provoque étonnement, suspicion ou rejet, interrogation sur les finalités de l'œuvre et de l'art lui-même. À cette distanciation du spectateur correspond, chez les créateurs, une interrogation croissante axée sur les fondements mêmes de l'art : qu'est-ce qu'une œuvre, qu'est-ce que peindre, pourquoi écrire ? [...] C'est pourquoi manifestes, écrits, tracts, préfaces de catalogues vont devenir si fréquents à partir du début du xxe siècle [...]. L'art qui a pour objectif la spontanéité et l'impact immédiat s'accompagne paradoxalement d'une excroissance discursive. Ce n'est pas là une contradiction, c'est le strict corrélat d'un art individualiste dégagé de toute convention esthétique et requérant de ce fait l'équivalent d'une grille de lecture, un supplément-mode d'emploi » (Gilles Lipovetsky, *L'ère du vide. Essais sur l'individualisme contemporain*, Paris, Gallimard, coll. « Folio essais », 1993, p. 140-141).
4. « [...] il n'y a plus de tension entre les artistes novateurs et le public parce que plus personne ne défend l'ordre et la tradition » (*ibid.*, p. 150).

Repères bibliographiques

Ne font partie de ces repères que les ouvrages qui ont eu une influence sur une étape ou l'autre de la conception de ce livre. Il s'agit donc d'une *Tabula gratulatoria*, d'une reconnaissance de dette envers mes devanciers, les critiques ayant « tendance à s'emprunter leurs "bonnes idées" », comme le dit avec humour François-Marc Gagnon (*Paul-Émile Borduas*, Musée des beaux-arts de Montréal, 1988, p. 406), ce qui ne veut nullement dire que je dois tout aux autres et que je me repose entièrement sur leurs travaux et leur jugement. C'est du moins ce que j'espère, car, comme le dit un héros de Heinrich Böll : « Tu sais comme c'est quand on cherche à savoir si l'on se cite soi-même ou si c'est un autre que l'on cite — on entend quelque chose que l'on croit avoir déjà dit ou déjà entendu, et l'on essaie de savoir si on l'a vraiment dit ou simplement on l'a lu... et ça te rend complètement fou de voir que ta mémoire ne fonctionne pas ! » (« Pas une larme pour Schmeck », *Le destin d'une tasse sans anse*, Paris, Seuil, 1985, p. 147).

PREMIÈRE PARTIE : L'ART PARENTAL

Le Bernin

CHANTELOU, Paul de Fréart, sieur de, *Journal de voyage du cavalier Bernin en France*, Aix-en-Provence, Pandora, 1981, 345 p.

Le frère Luc

GAGNON, François-Marc, *Premiers peintres de la Nouvelle-France*, Québec, ministère des Affaires culturelles (MAC), série « Arts et métiers », 1976, 2 vol.

MORISSET, Gérard, *La vie et l'œuvre du frère Luc*, Québec, Médium, 1944, 142, 32 p.

————, *La peinture traditionnelle au Canada français*, Montréal, CLF, coll. «L'Encyclopédie du Canada français», vol. II, 1960, 216 p.

NOPPEN, Luc et René VILLENEUVE, *Le trésor du Grand Siècle : l'art et l'architecture du XVIIe siècle à Québec*, Québec, Musée du Québec, 1984, 182 p.

OSTIGUY, Jean-René, «Les arts plastiques», *Visages de la civilisation au Canada français*, Toronto/Québec, University of Toronto Press/Presses de l'Université Laval, 1970, p. 100-118.

ROBERT, Guy, *La peinture au Québec depuis ses origines*, Montréal, France/Amérique, 3e édition, 1985, chap. 1 : «Prémices de la peinture au Québec avant 1860», p. 13-19.

SHEPHERD, Gyde Vanier, «L'art de la révélation : la tradition baroque au Québec, de 1664 à 1839», *Splendeurs du Vatican. Chefs-d'œuvre de l'art baroque*, Ottawa, Musée des beaux-arts du Canada, 1986, p. 41-48.

La société et l'art québécois dans leur dimension religieuse, Québec, Musée du Québec / MAC, 1984, 2 tomes.

Benjamin West

MARTIN, Denis, *Portraits des héros de la Nouvelle-France*, Montréal, Hurtubise HMH, coll. «Cahiers du Québec/Album» 1988, XIV-176 p.

La princesse Louise

ANONYME, «Opening Ceremonies at the R.V.C.» [Reprinted from the *McGill Annual* of 1902], *Old McGill*, 1930, p. 124-125.

BENSON, E. F., *Queen Victoria's Daughters*, New York/Londres, Appleton-Century, 1938, 316 p.

DENT, John Charles, *The Canadian Portrait Gallery*, Toronto, Magurn, 1880, vol. 1.

EPTON, Nina, *Victoria and Her Daughters*, Londres, Weidenfeld & Nicolson, 1971, 252 p.

FOURNIER, Rodolphe, *Lieux et monuments historiques de l'île de Montréal*, Saint-Jean, Les Éditions du Richelieu, 1974, p. 214.

MARSHALL, Dorothy, *The Life and Times of Victoria*, Londres, Weidenfeld & Nicolson, 1972, 224 p.

Montreal and Vicinity, Montréal, Desbarats, 1904, p. 57-58.

SMITH, George, *The Dictionary of National Biography 1931-1940*, Londres, Oxford University Press, 1949, p. 544-545.

DEUXIÈME PARTIE : L'ART ADOLESCENT

Cornelius Krieghoff

HARPER, J. Russell, *« La ferme »* de Cornelius Krieghoff, Ottawa, Galerie nationale du Canada, 1977, 36 p.

JOUVANCOURT, Hughes de, *Cornelius Krieghoff*, Toronto, Musson, 1973, 148 p.

VÉZINA, Raymond, *Cornelius Krieghoff. Peintre de mœurs*, Ottawa, Pélican, 1972, 220 p.

Lucius O'Brien

BOULIZON, Guy, *Le paysage dans la peinture au Québec*, La Prairie, Marcel Broquet, 1984, 224 p.

KARCH, Pierre, « Le sens éternel de la vie dans la peinture de Lucius R. O'Brien », *Vie des arts*, vol. XXXVI, n° 143, juin 1991, p. 52-55.

REID, Dennis, *Lucius O'Brien. Visions of Victorian Canada*, Toronto, Art Gallery of Ontario, 1990, XIII-192 p.

Antoine Plamondon

BELLERIVE, Georges, *Artistes peintres canadiens-français : les Anciens*, Montréal, Beauchemin, 1927, 2e éd., 124 p.

HUBBARD, R. H., *Antoine Plamondon / Théophile Hamel. Deux peintres de Québec*, Ottawa, Galerie nationale du Canada, 1970, 176 p.

LACASSE, Yves, *Antoine Plamondon : le chemin de croix de l'église Notre-Dame de Montréal*, Montréal, Musée des beaux-arts, 1983, 112 p.

MORISSET, Gérard, *La peinture traditionnelle au Canada français*, Montréal, CLF, coll. « L'Encyclopédie du Canada français », vol. II, 1960, 216 p.

PORTER, John R., *Antoine Plamondon : Sœur Sainte-Alphonse*, Ottawa, Galerie nationale du Canada, 1975, 32 p.

————, « Antoine Plamondon et le tableau religieux : perception et valorisation de la copie et de la composition », *Journal of Canadian Art History / Annales d'histoire de l'art*, vol. VIII, n° 1, 1984, p. 1-24.

PORTER, John R. et Jean Trudel, *Le calvaire d'Oka*, Ottawa, Galerie nationale du Canada, 1974, XVI-128 p.

Charles Huot

Un parlement se raconte. Bicentenaire des institutions parlementaires, numéro spécial de la revue *Cap-aux-Diamants*, n° 30, été 1992.

DEROME, Robert, *Charles Huot et la peinture d'histoire au Palais législatif*, Ottawa, Galerie nationale du Canada, Bulletin n° 27, 1976, 44 p.

————, «Charles Huot, peintre traditionnel», *Vie des arts*, vol. XXI, n° 85, hiver 1976-1977, p. 63-65.

NOPPEN, Luc et Gaston DESCHÊNES, *L'Hôtel du Parlement, témoin de notre histoire*, Québec, Gouvernement du Québec, 1986, x-204 p.

OSTIGUY, Jean-René, *Charles Huot*, Ottawa, NGC, coll. «Canadian Artists Series», n° 7, 1979, 94 p.

————, «Ch. Huot raconte les miracles de saint Antoine de Padoue», *Vie des arts*, vol. XXII, n° 87, été 1977, p. 16-17.

Louis-Philippe Hébert

BEAULIEU, André, *The Québec National Assembly*, Québec, L'Éditeur officiel du Québec, 1973, 72 p.

GAGNON, Ernest, *Le Palais législatif de Québec*, Québec, Darveau, 1897,138 p.

HÉBERT, Bruno, *Philippe Hébert, sculpteur*, Montréal, Fides, coll. «Vies canadiennes», 1973, 157 p.

MARTIN, Denis, *Portraits des héros de la Nouvelle-France*, Montréal, Hurtubise HMH, coll. «Cahiers du Québec / Album», 1988, XIV-176; surtout p. 101-103.

NOPPEN, Luc et Gaston DESCHÊNES, *L'Hôtel du Parlement, témoin de notre histoire*, Québec, Publications officielles du Québec, 1986, 204 p.

PAGÉ, Norman, *La cathédrale Notre-Dame d'Ottawa*, Ottawa, Presses de l'Université d'Ottawa, 1988, 164 p.

Ozias Leduc

Arts et pensée, n° 18, juillet-août 1954. (Numéro consacré à Ozias Leduc.)

BEAUDRY, Louise, *Les paysages d'Ozias Leduc, lieux de méditation*, Montréal, Musée des beaux-arts, 1986, 63 p.

GLADU, Paul, *Ozias Leduc*, La Prairie, Marcel Broquet, coll. «Signatures», 1989, 104 p.

LACROIX, Laurier, *Dessins inédits d'Ozias Leduc*, Montréal, [s. é.], 1978, 168 p.

LAMARCHE-OUELLET, Hélène, «Dessins inédits d'Ozias Leduc», *Vie des arts*, vol. XXIII, n° 94, printemps 1979, p. 66-67.

MARTIN, Lévis, «La dernière œuvre d'Ozias Leduc», *Vie des arts*, vol. XXII, n° 89, hiver 1977-1978, p. 79.

OSTIGUY, Jean-René, *Étude des dessins préparatoires à la décoration du baptistère de l'église Notre-Dame de Montréal*, Ottawa, Galerie nationale du Canada, Bulletin n° 15, 1970, 40 p.

————, *Ozias Leduc. Peinture symboliste et religieuse*, Ottawa, Galerie nationale du Canada, 1974, 224 p.

Ozias Leduc et Paul-Émile Borduas, Conférences J. A. de Sève, Montréal, Presses de l'Université de Montréal 1973, 152 p.

ROUSSAN, Jacques de, « Le chant de la légende d'Ozias Leduc », *Vie des arts*, vol. XVIII, nº 74, printemps 1974, p. 40-42.

STIRLING, J. Craig, *Ozias Leduc et la décoration intérieure de l'église de Saint-Hilaire*, Québec, MAC, 1985, 280 p.

Marc-Aurèle Fortin

BONNEVILLE, Jean-Pierre, *Marc-Aurèle Fortin en Gaspésie*, Montréal, Stanké, 1980, 64 p.

BOULIZON, Guy, *Le paysage dans la peinture au Québec*, La Prairie, Marcel Broquet, 1984, 224 p.

JOUVANCOURT, Hughes de, *M. A. Fortin*, Montréal, Lidec, coll. « Panorama », 1968, [s. p.].

LABERGE, Albert, *Journalistes, écrivains et artistes*, Montréal, [s. é.], 1945, 236 p.

OSTIGUY, Jean-René, « Marc-Aurèle Fortin », *Vie des arts*, nº 23, 1961, p. 27-31.

ROBERT, Guy, *Marc-Aurèle Fortin, l'homme à l'œuvre*, Montréal, Stanké, 1973, 302 p.

ROUSSAN, Jacques de, *M.-A. Fortin*, La Prairie, Marcel Broquet, coll. « Signatures », 1986, 104 p.

Alfred Laliberté

BAZIN, Jules, « Laliberté — Ses bronzes du Musée du Québec », *Vie des arts*, vol. XXIII, nº 94, printemps 1979, p. 80-81.

————, « Du gossage au grand art », *Vie des arts*, vol. XXIII, nº 94, printemps 1979, p. 81-82.

BELLEY, Cécile, « Alfred Laliberté. Une vie consacrée à la sculpture », *Vie des arts*, nº 138, mars 1990, p. 36-38.

BOUCHER, Pierre, « Alfred Laliberté, sculpteur », *La Revue moderne*, 1re année, nº 5, 15 mars 1920, p. 10-11.

COUILLARD-DESPRES, abbé Azarie, *Rapport des fêtes du IIIe centenaire de l'arrivée de Louis Hébert au Canada, 1617-1917*, Montréal, 1920, 160 p. (Présentation du monument.)

DEROME, Robert, « Physionomies de Laliberté », *Vie des arts*, vol. XXIII, nº 94, printemps 1979, p. 27-29.

DesRUISSEAUX, Armande et Jules MARTEL, *Alfred Laliberté et les Bois-Francs*, Arthabaska, s.d. [c. 1980], 20 p.

FOLCH-RIBAS, Jacques, «Monument québécois à la mémoire des héros du Long-Sault», *Vie des arts*, n° 50, printemps 1968, p. 38-41.

LALIBERTÉ, Alfred, *Mes souvenirs*, Montréal, Boréal Express, 1978, 272 p.

Les bronzes d'Alfred Laliberté de la Collection du Musée du Québec, Québec, MAC, 1978, 218 p.

LAURENCE-LAMONTAGNE, Sophie, «Laliberté et l'ethnographie», *Vie des arts*, vol. XXIII, n° 94, printemps 1979, p. 30-32.

LEGENDRE, Odette, *Alfred Laliberté, sculpteur*, Montréal, Boréal, 1989, 332 p.

MARTIN, Denis, *Portraits des héros de la Nouvelle-France*, Montréal, Hurtubise HMH, coll. «Cahiers du Québec / Album», 1988, XIV-176; surtout p. 101-103.

MONTPETIT, Raymond, «Alfred Laliberté et la célébration de l'histoire», *Vie des arts*, vol. XXIII, n° 94, printemps 1979, p. 22-26.

Rodolphe Duguay

DUGUAY, Rodolphe, *Carnets intimes*, présenté par Hervé Biron, Montréal, Boréal Express, 1978, 271 p.

OSTIGUY, Jean-René, *Quarante gravures de Rodolphe Duguay*, Ottawa, Galerie nationale du Canada, n° 6, 15 septembre 1975, 8 p.

———, «La gravure dans l'œuvre de Rodolphe Duguay», *Journal of Canadian Art History / Annales d'histoire de l'art canadien*, vol. V, n° 2, 1981, p. 96-104.

Rodolphe Duguay 1891-1973, Musée du Québec, MAC, 1979, 200 p.

TROISIÈME PARTIE : L'ART ADULTE

John Lyman

ASSELIN, Hedwidge, *Inédits de John Lyman*, Montréal, MAC, Bibliothèque nationale du Québec, 1980, 244 p.

DOMPIERRE, Louise, *John Lyman 1886-1967*, Kingston, Agnes Etherington Art Centre, 1986, 234 p.

HILL, Charles C., *Peinture canadienne des années trente*, Ottawa, Galerie nationale du Canada, 1975, 224 p.

VARLEY, Christopher, *La Société d'art contemporain*, Montréal 1939-1948, Edmonton Art Gallery, 1980, 96 p.

Alfred Pellan

Alfred Pellan, une rétrospective, Québec/Montréal, Musée du Québec/Musée d'art contemporain de Montréal, 1993, 318 p.

BOURASSA, André-G., *Surréalisme et littérature québécoise: histoire d'une révolution culturelle*, Montréal, Les Herbes Rouges, 1986, 622 p.

BUCHANAN, Donald W., *Alfred Pellan*, Ottawa, NGC, coll. «The Gallery of Canadian Art», n° 4, 1962, 30 p.

GAGNON, François, «Pellan, Borduas and the Automatistes. Men and Ideas in Québec», *ArtsCanada*, n°s 174-175, décembre 1972-janvier 1973, p. 48-55.

GAGNON, François-Marc, «Miro et la peinture des années quarante au Québec», *Vie des arts*, vol. XXXI, n° 123, juin 1986, p. 42-44, 83.

GAGNON, Maurice, *Pellan*, Montréal, L'Arbre, coll. «Art vivant», 1943, 36, 20 p.

GREENBERG, Reesa, *Les dessins d'Alfred Pellan*, Ottawa, Galerie nationale du Canada, 1980, 150 p.

————, «Pellan, surrealism and eroticism», *ArtsCanada*, n°s 240-241, mars-avril 1981, p. 42-46.

————, «Surrealist traits in the heads of Alfred Pellan», *Journal of Canadian Art History/Annales de l'art canadien*, vol. III, n°s 1-2,1976, p. 55-72.

JASMIN, André, «Le climat du milieu artistique dans les années 40», *Peinture canadienne-française*, Montréal, Presses de l'Université de Montréal, coll. «Conférences J. A. de Sève», n°s 11-12, p. 7-35.

LEFEBVRE, Germain, *Pellan*, Toronto, McClelland & Stewart, 1973, 160 p.

————, *Pellan, sa vie, son art, son temps*, La Prairie, Broquet, 1986, 216 p.

————, «Saison Pellan», *Vie des arts*, n° 68, automne 1972, p. 48-53.

OSTIGUY, Jean-René, «Les arts plastiques», *Visages de la civilisation au Canada français*, Toronto/Québec, University of Toronto Press/ Presses de l'Université Laval, 1970, p. 100-118.

————, «Les cadavres exquis des disciples de Pellan», *Vie des arts*, n° 47, été 1967, p. 22-25.

PELLAN, Alfred, «La queue de la comète: Alfred Pellan, témoin du surréalisme», *Vie des arts*, vol. XX, n° 80, automne 1975, p. 18-21.

ROBERT, Guy, *Pellan, sa vie et son œuvre*, Montréal, Éditions du Centre de psychologie et de pédagogie, coll. «Artistes canadiens», 1963, 135 p.

TOUR FONDUE, Geneviève de la, «Pellan», *Interviews canadiennes*, Montréal, Chantecler, 1952, p. 125-139.

VILLENEUVE, Paquerette, «Alfred Pellan, un grand peintre toujours en avance sur son temps», *Châtelaine*, avril 1970, p. 34-37, 60, 62-63.

VILLERS, Jean-Pierre de, « Quarante ans de surréalisme dans la peinture québécoise », *Vie des arts*, vol. XXXI, n° 123, juin 1986, p. 45-47, 84.

Paul-Émile Borduas

BORDUAS, Paul-Émile, *Écrits I*, édition critique par André-G. Bourassa, Jean Fisette et Gilles Lapointe, Montréal, Presses de l'Université de Montréal, 1987, 700 p.

Les Automatistes, numéro spécial de *La Barre du jour*, janvier-août 1969, 389 p.

BLOUIN, Anne-Marie, « Paul-Émile Borduas et l'Art déco », *Journal of Canadian Art History / Annales d'histoire de l'art canadien*, vol. III, n°s 1-2, 1976, p. 95-98.

FISETTE, Jean, « Fascination, fantasme et fanatisme de *Refus global*. La seconde carrière de Borduas », *Archives des Lettres canadiennes*, t. IV : *L'essai et la prose d'idées au Québec*, Montréal, Fides, 1985, p. 465-474.

GAGNON, François-Marc, *Paul-Émile Borduas. Biographie critique et analyse de l'œuvre*, Montréal, Fides, 1978, 560 p.

————, *Paul-Émile Borduas*, Ottawa, Galerie nationale du Canada, 1976, 96 p.

————, *Paul-Émile Borduas*, Montréal, Musée des beaux-arts, 1988, 486 p.

ROBERT, Guy, *Borduas*, Québec, Presses de l'Université du Québec, 1972, 340 p.

Sorel Cohen

Sorel Cohen, Montréal, Musée d'art contemporain, 1986, 36 p.

L'Art pense, La Société d'esthétique du Québec, 1984, 80 p. ; surtout p. 3-24.

Melvin Charney

CHARNEY, Melvin, « Understanding Montreal », *Exploring Montreal. Its people, buildings and places*, Toronto, Greey de Pencier, 1974, p. 14-27.

FULFORD, Robert, « The Sculpture Gardens of Melvin Charney. Icons and Allegories », *Canadian Art*, vol. VIII, n° 1, printemps 1991, p. 52-59.

KARCH, Pierre, « Les souvenirs spatialisés de Melvin Charney », *Vie des arts*, vol. XXXVI, n° 146, printemps 1992, p. 56.

MARTIN, Lawrence, « Conflicting Stories at City Hall on Art Demolition », Toronto, *The Globe and Mail*, 15 juillet 1976, p. 48.

McCONATHY, Dale, « CORRIDART : instant archæology in Montréal », *Arts-Canada*, juillet-août 1976, p. 36-53.

RÉMILLARD, François et Brian MERRET, *Montreal Architecture. A Guide to Styles and Buildings*, Montreal, Meridian Press, 1990, 224 p.

Paraboles et autres allégories. L'œuvre de Melvin Charney 1975-1990, Montréal, CCA, 1991, 214 p.